異常の門

上巻

柴田錬三郎

目次

異常の門　上巻

火の章

その一

「また冬が来るな」

月のない、星の冴えた夜空を仰いで、そう呟いたのは、熨斗目(のしめ)の紋服をつけた、胸の厚い大兵の武士であった。おもては、頭巾でつつんでいた。

「御意——」

こたえたのは、背後にしたがった御小人目付のいでたちの男で、その手には、熾(さか)んに燃える炬火(たいまつ)がかかげられていた。

これは、いま、後方の桜田御門の前で、炎々と空を焦がしている玄猪(いのこ)の篝火(かがりび)の中から、持参した火であった。

今宵——十月初亥にあたって、江戸城では、玄猪の祝儀が催される。諸侯は、この日に限り、暮六つに登城する。

行列を迎えるために、大手御門及び桜田御門の外では、大篝火が焚かれるのが、いつの頃からか、ならわしとなっていた。ちなみに、城中で、御間毎に火鉢が出されるのは、今宵からであった。大名や旗本の屋敷も、これにならったし、民間でも炬燵(こたつ)をつくる日とされていた。

江戸の時代の風俗と慣習は、季節の移りかわりに応(こた)えてつくられたものとはいえ、いつの間にか、定めた日の方を大切にする窮屈なものになっていた、といえる。たとえ、どんなにあたたかかろうと、初亥の日が来れば、町家では、炬燵をつくらなければならなくなっていたのである。

両御門前の大篝火は、いわば、登営の諸侯方への御馳走として焚かれたのが、最初の目的であったに相違ないが、時代が下るにつれて、これは、将軍家が、諸侯に、昔時の軍中の夜篝を偲ばせるための行事のひとつとかぞえられるようになっていた。泰平の世に武勇が輝く、という意味ともなれば、この日、武家方に、紅白の餅を諸所へ贈るならわしができたのも、当然であろう。

まさしく――。

月のない闇夜に、幾百本となく積みかさねられた大松薪の噴きあげる焔が、城門の白壁をくれないに染め、青松のあわいから、堤下の水面を照らす光景は、壮観に相違なかった。

頭巾の武士が、ただ一人で、門内から姿をあらわしたのは、諸侯の行列が、滞りなく、城中へ通った後であった。

御小人目付の一人が、すばやく、薪の一本を抜きとって、供となった。

武士が、身分高く、重い地位に就いている人物である証拠は、警衛の士たちが、ひとしく、いんぎんな礼法をとったので、あきらかであった。

但し、毎年今宵、この人物が、城を出て行く目的については、誰にも判らなかった。

武士は、炬火をかかげてしたがう役人を一人要求していたので、その光栄をわれこそ得たい、とねがう気持が、皆の胸にあった。同輩たちをおさえて、わが手に炬火をつかんだ御小人目付は、悦びで、身も心もはずんでいた。

帝鑑間（ていかんのま）の俊邁として、老中の権威を圧する隠然たる力を持つ若年寄、永井美作守直峯が、この人物であることを、いつとなく、御小人目付たちは、知っていたのである。

その二

虎の門から、まっすぐに掘割に沿うて芝口へ抜ける往還は、片側が御用屋敷の高塀や空地の林なので、夜に入ると、急に更けて、ものさびしい。人影は、稀になる。

愛宕下大名小路から、一人の中間ていの男が、酔った足どりで、大声で唄い乍ら、この往還へ出て来た。

　忠太、何処行く

女か、酒か

女を抱けば、小半刻

酒に酔うたら、小半日

同じ吸うなら

酒買って、チュウ、か

とある物蔭から、吹き流しの白手拭を闇におぼろに浮かせた夜鷹が、

「もし——遊んで行かっし、忠太さん」

と、呼びかけた。

「へっ、心安く、名前なんぞ、口にしてもらうめえ」

「あたしの初恋の人が、忠太というのさ」

「べらんめえ。おれが義経なら、てめえは、静と名のる気か。わらわせやがる」

「程も義経、静の方に、わたしゃ九郎がしてみたいって――」

夜鷹は、より添うと、

「ね、いいんだろ。……泣いてみせるよ」

「うわあ、だ。それで、うしろで焼酎火が燃えりゃ、どろんどろんだ。ろくろ首より猶おそろしい二つ目のある白い首、ってな――」

「これも、みんな、男の薄情のおかげさ。おのぞみなら、化けてみせようか」

「おっと、ふりかえってみな。色火の方が、一足さきに、出てやがら」

言われて、夜鷹は、首をまわした。

彼方に、めらめらと、闇をなめる焰がみとめられて、ぎくっとなった夜鷹は、ものも言わずに、下駄を鳴らして横丁へ、駆け込んでしまった。

中間は、筒袖へ両手をひっこめると、大きなくしゃみをひとつしてから、再びまんさんと、歩きはじめた。

　どうした、こうした
　やれこりゃ、どっこい
　この児よう泣く、よっぽど夜泣く
　親が泣き泣き
　生んだ子か、とくらあ
　そのうち、どたんと、地べたへ坐り込むと、
「うーい！　矢でも鉄砲でも持って来やがれ、こん畜生っ！」
　と、呟き、だんだん、首を垂れてしまった。
　その前を、ゆっくりと通り過ぎた永井美作守は、数間行ってから、御小人目付をふりかえると、
「このあたりでよい」
　と、言った。
「は――？」
　御小人目付は、あっけにとられて、若年寄を見かえした。
　頭巾のかげの大きな双眸は、冷たく冴えて、こちらに二の句を次がせない光を放って

いた。

「戻りなさい」

美作守は、炬火を受けとると、さっさと歩き出した。

御小人目付は、しばらく、その後姿を見送っていたが、怪訝なままに、踵をまわした。

「何処へお行きになるのか？……お一人で、夜道をひろわれる――」

若年寄という高い地位に就いた大名が……である。世間では、きいただけでは信用すまい。

礼儀三千威儀三百、と称される時世であった。規矩整然たる階級上の制度は、上下悉くの人々を、公私とも坐作進退が寸分律に違うべからざるように縛ってしまっていたのである。

若年寄が、単身で、夜を忍び歩くなどということは、あり得ない仕儀というべきであった。

美作守は、平然として、それをなしている。

昏い往還は、芝口から右へまわって、汐留橋の前を過ぎて、ますます、ものさびしくなる。彼方に、浜御殿の樹木が鬱葱としてひろがり、潮香は、それを越えて、匂うて来る。

右手は、脇坂淡路守、松平陸奥守、松平肥後守などの宏壮な屋敷が、ならんでいるのであった。

「天の一」

ふいに、美作守は、妙な呼びかたをした。

「は——」

地をすべるようにして、うしろから、美作守のかたわらへ出て来たのは、酔うて地べたへ坐り込んでいた中間ていの男であった。いつの間にか、美作守の背後に、気配もなく添うていたのであった。

美作守は、炬火を、男に渡してから、

「生贄は、いたかな?」

と、訊ねた。

「三人ばかりえらんで居ります。一人は、駒込片町の質屋の後家にて、養子と通じて、実の娘を扼殺いたして居ります。齢三十八歳。……次は、裏番衆町鉄砲場あずかりの御先手組頭倉橋八次郎妻にて、わが子の労咳を癒やさん目的で、ひそかに、高田馬場に舞い降りた鶴をとらえて、生血を取って居ります。齢三十九歳。……いま一人は、下谷通新町の浄心寺なる尼寺の比丘尼にて、水戸様御後室付きの児小姓をもてあそび、懐妊堕胎いたして居ります。齢二十一歳」

「尼僧が、よかろう」

美作守は、あっさりと、指定した。

やがて、美作守が、その男をともなって、姿を消したのは、浜御殿の中之御門内であった。

その三

幕府の要職に就いている人々でも、殆ど知らされていない奇怪な事実が、この浜御殿の敷地内にあった。

海に面した南西の一角に、丈余の高さの巨巌が、数個の児岩をはべらせて、奇怪なかたちをそびえさせていた。その右側面に檜造りに鉄鋲を打った扉が閉められてあった。

これは、巨巌の洞穴を利用して構えた秘密の牢舎であった。

洞穴から、地下へ降りる石段が設けられ、地下の通路の左右には、鉄格子がならんでいた。

天の一、と呼ばれる男のかかげる炬火を先にして、石段を降りた若年寄は、一年に一度おとずれる陰惨な地下牢の内部を、眉毛一本動かさず、しずかに、覗いて歩いた。

いずれも二坪あまりの牢室であった。土中に深く打ち込んだ鉄の杭に、鎖でつながれた囚徒が、黙然として、うずくまっていた。およそ十数室のうち、空いているのは、二三室もないようであった。

奇怪であったのは、地上から人が降りて来ても——加之（のみならず）、それが一瞥して権勢を誇っている人物とみとめられ乍（なが）らも、囚徒が、一人として、身じろぎさえもせず、啞のように口を緘（と）じていたことである。あきらかに、それを、若年寄永井美作守と知ってて、炬火の焔を映した双眸に、異様な凄い光を生んだ者も二三にとどまらなかったにも拘らず、静寂は、まもられたのである。

ただの囚徒でない証拠は、いずれの姿にも、この業苦に堪える不屈の意志が湛えられている、とみえたのである。非命を覚悟の任務の途中をとらえられた人々に相違なかった。

奥の、とある鉄格子の前に立った美作守は、そこに、とじこめられている三人の女を覗いた。

生贄(いけにえ)とするために、この室だけが、臨時に、彼女たちのために、あてられていたのである。

美作守は、はじめて、恐怖と絶望におののく囚徒らしい表情を眺めた。

いずれの面立も、美しかった。とらえられて、間もないので、窶(やつ)れの翳(かげ)は、かえって、風情のあるものであった。

殊に、胸で手を合せて、瞑目している尼僧の横顔は、﨟(ろう)たけたといえる嫋々(じょうじょう)たる繊細な美しさをみせて、この気品のある清浄な美しさは、犯した罪におよそふさわしからぬ——。

天の一は、美作守が、しばし、無言のままでいるのを、躊躇の心が動いているのであろうか、とおしはかっていたが、

「ひき出すがよい」

と、命じられて、すぐに、鍵を錠前へさし入れた。

通路へ坐らされた尼僧は、澄んだ眸子を、若年寄の顔にあてた。

この尼僧だけは、他の女たちとちがって、誇りをうしなわぬもの静かな挙措と冷たい表情をたもっていたのである。

「おうかがい申しまする」

美作守を、重い役目の人物と見て、口をひらいたのである。並みすぐれて美しく生れた女性は、やはり、その声も美しかった。

「仏門に帰依いたしましたこの身がけがされましたのは因果な、咎によって、罰せられますことは、いといませぬ。なれど、この身をけがしたお方様の罪は、いかが相成りましょうか?」

「ほう……そなたは、無体にもてあそばれたと申すのか?」

「はい」

「わずか、十四、五の少年にか?」

「え?」

尼僧は、不審の面持で、美作守を瞶めかえした。

「水戸家の児小姓に、手ごめに遭うた、と申すのだな?」

「何を仰せられます！」

尼僧は、吃(きつ)となって、柳眉をあげた。

「御公儀なれば、そのような出鱈目な名目をつけて、非力の尼を、重ねて、はずかしめてもよい、と仰せられますのか！」

美作守は、尼僧の背後にひかえた天の一に、

「とらえるように命じたのは、誰だな？」

と、訊ねた。

「お目付・本多甚左衛門様でございます」

「本多か――」

頭巾の蔭で、美作守は、苦笑した。思いあたることがあった。

「そなた、二十六夜の三光に照らされて、犯されたか」

二十六夜――すなわち、十月二十六日の夜を謂(い)う。その夜の月の出は、三尊の姿に、上天すと有難がられ、人々は、この三光を拝すべく高台の地、海辺の眺望をえらんで、相集うのであった。

築地海手、深川洲崎、湯島天満宮の境内、九段坂上、目白不動尊の境内、芝浦の海

岸、高輪の周辺など、大変なにぎわいとなるのであった。

今夏の二十六夜は、将軍家が、芝愛宕山にのぼって、三光を眺めたのである。

その折、将軍家の所望で、茶菓の接待役には、尼僧が命じられた。お目付・本多甚左衛門は、御府内の尼寺より五名を選び出したが、いずれも、気品匂う美貌の比丘尼であった、という。

将軍家は、大いに満足して、帰城したのは、子の刻（夜半三更）になったそうである。

「不運であったな」

美作守は、冷やかに言いすてると、天の一に、瞥（ちら）と目くばせした。

天の一は、つと左手を、尼僧の肩に置いた。

微かな反抗の身ぶりをしめした尼僧のからだを、天の一は、左手で、くるりとまわしざま、右拳を、鳩尾（みぞおち）へ突き入れた。

声もたてずに、がっくりと首を折ったのを、ささえて、しずかに、仰臥させた天の一は、

「剝（は）ぐのでございますか」

「うむ」

美作守は、頷いた。

天の一は、手ばやく、帯を解き、白衣の前を拡げた。

美作守のかかげる炬火の焔に照らされた白い肌は、息をのませるに足りる絖（ぬめ）のように柔らかな光沢をもった、ふくよかな、肉盈（み）ちた、一点の汚染も傷もない肢体であった。

——上様ならずとも、男ならば、賞美しとうなろうて。

美作守は、天の一が、ごろりと俯伏させて、白衣を、腰絹を、容赦なく、めくりとるさまを見まもり乍（なが）ら、その、胸中で呟いた。

裸身の調べが、おわってから、美作守の口から出たのは、次の残酷な言葉であった。

「焼けい！」

その四

どこかで、ひくいしわぶきが、ひとつ洩らされた。

美作守が、全裸の尼僧をこの地下道の奥の何処かへかついで行った天の一の戻って来るのを待っているあいだに、きこえたのは、それだけであった。

十指をかぞえる囚徒がうずくまる牢舎がこのような静寂をたもつことは――それだけでも、常人ならば、無気味さに、神経が堪えられない筈であった。

ましてや、この人々を、とらえて、ここにとじこめたのが、美作守自身とすれば、到底平静ではあり得まい、と考えるのは、現代の凡庸な常識にすぎないのである。

人を殺して人を安んずれば、之を殺すも可なり――司馬法の仁本に言う残忍な教えが、封建の世の陰の面で権勢をふるう施政者の覚悟となっていた。

まず、公儀が在って、士道がこれに服すのを、大義とし、名分としたのである。死生栄辱の道は、私人の心を無用とした。

この暗黒の牢道に佇(たたず)んで、水のごとく平静なのが、美作守の堂々たる人格であった。

天の一が、炬火のかわりに手燭をかかげて、戻って来た。

「準備ととのいました」

「うむ」

歩きかけた美作守は、ふと思い出したふうに、

「地の七は、いかがいたした?」

と、訊ねた。

「ずうっと臥したきりでございます」

「春からであったな？」

「半歳に相なります。この一月あまりは、殆ど、食事も……」

「もう、あまり永くはないか」

「左様にみえます」

「会おうか」

美作守は、つと、ひきかえした。

立ちどまったのは、石段の降り口から左手へ曲ったところに、通路からは目がとどかぬように、一室だけ離れて設けられた牢室であった。

美作守は、鉄格子へ額を寄せて、暗い内部を覗いた。

奥の壁ぎわに、人のからだを包んでいるとも思われぬ平たさで、夜具が、敷かれてあった。

「開けい」

天の一は、懐中から、鍵をとり出すと、錠前を微かに鳴らした。

美作守が、手燭を把って、身をかがめて鉄格子を潜ろうとすると、天の一は、あわてて、

「それがしが、起しまする」

と、言った。

「いかに稀代の使い手も、病いには勝てまい。大事ない」

美作守は、笑って、ふみ込んだ。

むうっと、鼻を衝く臭気は、かいだだけで、身が腐る思いがした。

かまわず、夜具に近寄った美作守は、手燭をさしのべて、

「地の七――」

と、呼んだ。

夜具から、わずかに蓬髪をのぞけて、死んだように微動もせぬのであった。

「無駄と思うて問うが、五体の衰弱が、その気根をおとろえさせはせぬか？　大奥帖の在処を教えて、陽の当るところで寝るよろこびを得たくはないか？　どうじゃ」

返辞をもとめられ乍(なが)らも、なお、臥人は、ほんのわずかな動きでさえも応えようとはしなかった。

「よくよく強情者に生れついたとみえる」

あきらめて、美作守が、腰をあげかけた——その刹那であった。

突如、夜具がはねとばされて、黒い影が大きく躍りあがった。

「おっ！」

美作守は、反射的にとび退ったが、並みの者ではない対手に、この本能の動作をしめしたのは、大変な失敗であった。

とび退りつつ、おのが腰から、大刀のみならず、脇差までも、糸で曳かれるように、抜きとられて、対手の双手に移るのを、美作守は見たのである。

天の一が、無言で、とび込みざま、打ち込んだ一撃も、美作守の失敗の上へ重ねる軽率であった、といわねばならなかった。

対手は唸りを生じて襲って来た白刃を、わずかに身をひらいただけで、空に流しておいて、無造作とも見える横薙ぎを、天の一の胴へくれていた。

にぶい音をたてて地べたへ仆った天の一をへだてて、囚徒は、美作守と相対した。

ぼうぼうとのびた髭の中に、大きくひらかれた双眸が、美作守の手から落ちて燃えひろがった手燭の焔を映して、妖しいまでに、いきいきとかがやいた。病める者の眼光ではなかった。

いや、その痩身ぜんたいにみなぎる鋭気は、闇の中に幾年間かたくわえられていて、一時にほとばしった、と見えたことである。

「いかに、美作守！」

ひくく、冴えたその一句が、囚徒の第一声であった。

「……」

美作守は、腰間のさむざむとしたさびしさに、応ずる言葉も見出せず、ただその眼光を受けとめて、恟然（きょうぜん）たる胸中を抑えるのに必死であった。

囚徒にとって、この瞬間を摑むためには、半年余の仮病の忍耐を要したのである。なみなみの意志で為し得た努力ではなかった。

「てまえは、二年前、この地下牢へ繋留される時、貴方に申上げた。再び地上に出て、自由の身となるのは、おのれ一個の力によって為す、と」

「……」

「てまえの言葉を忘れて、迂闊にも、見舞うて下さったのは、永井美作守とも思われぬ、心に隙が生じたことになる。奇正相生ずるは循環の端無きが如し、という孫子の機略をてまえに服膺せしめたのは、貴方ご自身ではなかったか。お礼を申上げておこう」

「……」

「怨みの言葉を、ここでつらねるつもりはない。貴方を斬って、復讐の快味で、血顫いする存念も持たぬ。……貴方は敗れ、てまえは勝った。また、いつの日にか、貴方が勝ち、てまえが敗れるかも知れぬ。それが浮世の面白さと申上げておく。……釣針を含んだ魚は、淵底に入って、尾を振ったとしても、遂には陸(くが)に上る、と考えて頂いてよい。涸池(かれいけ)の堤が切れて、こちらは、浮世へ泳ぎ出るのだ。どこまで、生きられるか、それを試してみる。貴方が、躍起になって、後を追うて来るのを生甲斐としよう。そういう風にひねくれた性分なのだ。……地の七、などというわびしい称号は、ただ今かぎり、返上いたす。浪人・夢殿転(ゆめどのうたた)として、おのれの道をえらぶとご承知おき願う」

その五

地下道の奥に、鉄扉があり、これを開くと、波の音がきこえ、潮香が流れて来る。

この浜御殿の東面の石崖が、一箇処だけ凹部をなして、掘割と見せかけて、実は、地下牢へ通じていたのである。

小舟が着けられていて、薪をうず高く積んでいた。一瞥して、なんの怪しさもない光景であった。舳先には、天の一によって、例の炬火が立てられていて、なお熾んに、燃えあがっていた。

夢殿転は、美作守を牢室にとじこめておいて、しずかな足どりで、この秘密の出口に、姿をあらわした。

艫に乗ると、艪を把りあげて、舟を石崖から、はなす――。

二年ぶりに、地獄の中から遁れ出た感動は、その挙措動作には、いささかもあらわされていなかった。日常のことのようなおちつきはらった漕ぎかたであった。

海面に、靄があって、これに包まれて、舳先で潮風にゆらぐ焔は、妖しい美しさであった。

現実感から遠い状況が、奇蹟的な脱出にふさわしかった。

薪の山の底から、ひくい呻き声が洩れたのは、浜御殿が遠く闇に溶け入ろうとしたあたりであった。

そ知らぬふりで、艪を動かす転の態度は、薪で焚かれる人間が、舟底に横たわっているのをすでに知っていることを、しめした。

江戸湾の孤島佃島が、はるか後方になると、風も波も、この小舟一艘めがけて、沖から襲いかかって来るようであった。海原に、他の船影は、ひとつもなかったのである。

転は、はじめて、艪をすてると、薪を海面へ抛った。

薪の山が消えると、白衣を褥にして、仰臥させられた裸像が、あかあかと炬火に照らし出されて、これは、しばし、転の目を食い入らせずにはおかぬ眺めであった。

焰のゆらめきとともに、ゆたかな肌を撫でる陰翳が、さまざまに変化して、若い美しい女体というものを、さらに、神秘的に彩った。

転は、尼僧が、ひしと目蓋をとじているが、意識をとりもどしている証拠を、その肌に滲ませた差恥に見た。

四肢のいましめを解いてやっておいて、艪にもどった転は、それなり、尼僧へは、目をあてずに、漕ぎつづけた。

白衣をまとい、転にむかって、ふかく頭を下げて礼をのべた尼僧は、なんの言葉もかけられぬままに、うなだれて、舟をもてあそぶ波の大きなうねりに身をまかせた。

沈黙は、小舟が、袖ケ浦のとある砂浜に着くまで、一刻あまりのあいだ、つづけられた。

ざざっと、砂を嚙んで汀へ乗った時、舳先の炬火は、すでに、すてられていて、半町もはなれぬ地点からも、見わけのつかぬ闇と闇の中に、舟は在った。

転は、艪を置くと、はじめて、尼僧にむかって、口をひらいた。

「おことわりしておくが、貴女をたすける意志があって、たすけたわけではない」

尼僧にとっても、それはよく判っていることであった。

この男が、囚徒の一人であり、どうやって、美作守と従者からおのが身の自由を奪いかえしたかは知らぬが、ともあれじぶんを焚き殺そうとした舟で逃亡することに成功したのを尼僧は、いましめを解かれた時、知ったのである。

「したがって、これから、陸に上ったら、左右に別れることになろう、貴女の身柄までまもる気持は、毛頭ない」

「は、はい」

尼僧は、頷いた。

転は艪から降りて、そばへ来た。

「貴女は、二十六夜に、将軍家に、犯されたのか？」

尼僧と美作守の問答を、転は、きいていたのである。

その問答で、美作守は、「二十六夜の三光に照らされて、犯されたか」と言い、将軍家に、とは言わなかった。

転が、それだけきいて、犯した対手は将軍家だな、と察知したのは、転の鋭い直感力であった。

尼僧は、こたえなかった。無言が、肯定を意味した。

転はひくく笑い声をたてた。

「今夜の生贄(いけにえ)には、格好の女性であった、というわけだな」

「あ、あの……」

尼僧は顔を擡(あ)げて、靄の中の転の顔を、じっと仰いだ。

「わたくしは、何故に、焼かれようとしたのでございましょう」

「行事のひとつなのだ」

冷やかな返辞だった。

「玄猪の祝儀の大篝火を、軍中の夜篝と見たてて、戦場に臨む祖宗の武勇を偲ぶようになって、誰が思いついたかも知らぬが、その火で獄門にする牢囚を一人えらび出して焼くことにした。それを、女囚に限って、若年寄が、じきじき、えらぶようになったのは、近年のことに思われる」

「……」

「ばかげた行事だ、と嗤いすてられないのは、人間の世間のしくみが、どれだけ陰惨な争闘によって構え成されたかを考えねばならぬからだ」

「……」

「貴女が、将軍家に犯された比丘尼と知れば、美作守は、憐憫さえもすてたろう。明日といわず、今夜のうちに、忘れすてるふさな出来事にすぎないのだ。……政道上に、つぎつぎと斃して行く犠牲者へ、いちいち、目をくれていられぬ程、今日の権力者は、倒れかかった幕府の柱をささえるのにいそがしいのだ」

「あの牢舎に、貴方様が、おいでだったのがわたくしの幸せでございました」

「いや、礼を述べてもらうのは、まだ早い」

転は、つきはなした。

「権力者に捕われていた者が、正義の士とは限らず、弱者を救った者が、必ずしも仁俠の徒とはきまって居らぬ」

「……」

「二年余、暗闇の中で、一切の欲望を抑えて、今夜の自由を待っていた男だ。……美しい柔肌を見せられて、人間のいとなみを試みたくなるのは、人情であろう。貴女は、飢えた野獣の前に、甘い肉をさらしたことになる」

尼僧は、その恐ろしい言葉を、遠いものにきいた。

ふしぎであった。

戦慄は、生れなかった。その言葉を吐く口調の、暗い悲痛なひびきが、尼僧の胸に、しみたのである。

……いきなり、男の逞しい腕が、抱きすくめて来た瞬間も、尼僧は、ほんのわずかすらも、抵抗しようとはしなかった。

後日になって、なぜ、こばもうとしなかったのか、いくど考えてみても、わからなかった。

内腿に滑り入って来た男のてのひらの熱さを、ふっと、男の心のあたたかさではないか、と感じさえもしたのである。

犯される、という事実に尼僧の感情は、なんの働きもしてはいなかった。二月前、愛宕山で、将軍家に伽（とぎ）を命じられた時、毛ひとすじにまで、憎しみと悲しみをこめて、自らを生ける屍（しかばね）にしたのと、なんというちがいであったろう。

どれだけの時刻が、移ったろう……。

男が、わが身の上から起き上るや、尼僧は、目蓋を、そっとひらいた。

いつの間にか、霽が散っていて、光を増した星が、中空にまで降りて来たように、眩しいものに、眸子（ひとみ）に映った。

のろのろと身を起して、乱れをなおした時、すでに、転は、砂浜に降りていた。

「憎んでもらってよい。夢殿転（ゆめどのうたた）、という浪人者とおぼえておいて頂こう」

その語気には、自嘲の弱さがあった。

尼僧は、顔を擡（あ）げると、じぶんでも思いがけないくらいはっきりとした声音で、

「どちらへ、お行きなさいます？」

と、訊ねた。

「まだ、きめて居らぬ。……木曽の山中あたりが、身をかくすには、ふさわしいようだ」

そうこたえておいて、転は、三、四歩遠ざかったが、何を思ったか、頭をまわして、

「言わでものことを、おきかせしておこう。……公儀随一の隠密であったわたしが、捕えられて、あの地下牢に繋留された科とがというのは、西丸大奥に於て、将軍家御息女を犯したという疑いによるものであった」

言いのこしたのは、意外なその言葉であった。

その六

もう夜の三更をまわっていたろうか。

古びた裏店のとある一軒の居間には、まだ行燈がともされていたが、娘は、牀に就いていた。

加枝——という、十九になるこの娘は、伯父の黙兵衛をたよって、江戸へ出て来て、まだ十日あまりしかならない。

若狭湾のほとりに生れて、ずうっと、そこだけしか知らずに育った加枝は、江戸の広さや、賑わいや、男も女もまるで慍おこっているような威勢のいい口のききかたをしていることなど、目に耳に入るすべてのものが、めずらしく、また怕こわかったので、この十日間で、すっかり神経が疲れてしまっていた。

　加枝のつつましい、おだやかな気質には、江戸のくらしは、合いそうもないようであった。

　しかし、加枝が、はるばる、伯父をたよって来たのは、伯父以外にたよる人がなくなったからで……江戸でくらすよりほかはなかった。先月亡くなった母の遺言でもあった。若狭には、もはや、加枝の身を寄せるところはなかったのである。

　伯父の、黙兵衛というのは渾名で、それ程無口な男であったので、加枝が、この家の敷居を跨いだ時も、無表情で、じっと瞶めて、

「来たのか」

　たったそれだけ言ったきり、故郷の様子を一言もきこうとはしなかった。

　加枝は、伯父がなんの商売をしているのか知らされていなかったし、来てみても、見当もつかなかった。

　黙兵衛は、午後も、陽がかなり傾いた頃に、家を出て、真夜中に、忍びやかに戻って来る毎日を送っていた。

　なんの商売か、たずねても、教えてもらえそうもなかったし、たずねる興味も、加枝

には、なかった。

住んでいるこの地域は、江戸の内でも、いちばん貧乏な、その日ぐらしの人々が、枯草のように吹き溜ったところに相違なかった。

加枝が、この長屋の住人たちが、なにを喋るのも喧嘩腰なのに、案外なお人好し揃いだとわかったのは、つい、二、三日前からである。

一風どころか、まるっきり変っていて、しかも、得体の知れぬくらしをしている黙兵衛のような男をも、なんの邪推の目も向けないで、隣人として親しみをみせる——そんなのんきなあたたかい雰囲気が、この裏店には、あったのである。

とはいえ、朝はやくから、闇が落ちて来るまで、ただの一秒間さえも、人声と物音の絶えることのない騒々しさは、加枝にとっては、たまらない世界であった。

いま——。

加枝は、ぱっちりと、眸子をひらいて、天井を仰ぎ乍ら、故郷の、静かな、美しい海や山や野や家のたたずまいを、ひっそりと偲んでいる。

帰りたかった。

母一人子一人の平和なくらしが、儚く消えてしまって、こうして、江戸のまん中に、わが身を置いている運命が、まだ、加枝には、うそのように思われてならなかった。

若狭の海辺の家には、母が、生きていて、じぶんの帰るのを待っていてくれるような気がしてならない。

明日の朝は、起き上ると、すぐに旅支度をして、江戸を去る——そんな衝動が、加枝の胸のうちに起っているのであった。

「……かあさん！」

加枝は、声に出して、母の俤(おもかげ)を、宙にもとめた。

そのおりであった。

伯父が居間にしている六畳間との区切りの破れ唐紙が、すうっと開かれた。

加枝は、あまりのおどろきで、悲鳴も出なかった。それまで、なんの気配もなかったのである。

灯かげに浮いた黒い影へ、眸子をあてる勇気はなく、夜具の中で、身も心も、凍らせて、息をのんだ。

ほんのわずかの沈黙があってから、

「黙兵衛は、留守か？」

ひくい、おちついた声音が、かけられた。

「は、はい」

加枝は、目蓋をとじたまま、こたえた。

対手は、つと、一歩ふみ込んで来た。加枝は、わななく手で、掛具を、顔の上へひきあげた。

対手は、夜具の裾をまわって、押入を開くと、無造作に、葛籠(つづら)をひき出した。

必死の思いで、加枝は、そうっと、薄目で、その様子を眺めた。

頭髪も、髭も、ぼうぼうとのびていたし、まとうている灰色の着物も襤褸(ぼろ)といえた。

葛籠の中から、黒羽二重の着物と刀をとり出して、立ち上るのを見とどけて、加枝は、また、目蓋をとじた。

侵入者は、台所へ行った。

それから、四半刻あまりのあいだ、加枝は、身じろぎもせずに、そこで起っている物音を、きいていた。からだを洗う水音がおわってから、なお、小さな物音がひきつづいた。

いくどか、ためらっていた加枝は、思いきって、身を起すと、いそいで、着物をつけた。

　加枝が、牀をあげて、片隅に、きちんと小さく坐った時、対手は、姿をあらわした。

加枝は、目を伏せたまま、からだを石のようにかたいものにしていた。

「そなたは、黙兵衛の身寄の者か？」

「はい」

「黙兵衛が、戻ったら、つたえてくれぬか」

「……」

「夢殿転が、地獄から抜け出て来た、と――」

そう言われて、加枝は、はじめて、怯ず怯ずと、視線をあげた。

はっ、としたことであった。

　頭髪をなでつけ、髭をおとした面貌は、意外にも、若く、ひきしまって、しかも、品のあるものだったのである。ただ、冷たく冴えた双眸をはじめ、鼻梁にも口もとにも、赤い灯かげを受けてなお蒼く沈んだ皮膚にも、この人物がとじこめられていた地獄の陰惨なにおいが、しみ込んでいるようであった。

　痩身からただよい出る一種の魔気のようなものがあり、これは、常人の神経を戦慄させずにはおかぬ無気味な凄味をおびていた。

「わかったな?」

「はい」

うなずいてから、加枝は、口のうちで、

「夢殿、転さま……」

と、呟いてみた。

とたんに、この珍しい名前を、いつか、ずっと前に、耳にしたような気がした。

あらためて、その顔をよく見ようと、目をあげた時、転は、もう背中を向けていた。

その七

それから、一刻あまり後のことであった。

夢殿転は、金杉橋と将監橋にはさまれた同朋町の端の居酒屋にいた。

大名屋敷の中間部屋の賭場帰りを客にする居酒屋で、朝まで縄暖簾(のれん)をさげていた。

転が入った時、数名の渡り中間や無職者が、猥雑な話に花を咲かせていたが、彼らが去ると、急に、店内は、無人のようにひっそりとしてしまったのである。転のほかに、まだ一人、客がのこっていたが、これは、壁に額をつき合せて、気鬱な孤独酒（ひとりざけ）の職人だったのである。

転は、黙々として、盃を口にはこび、いつか、五本あまりも銚子を空にしていた。二年ぶりに飲む酒は、からだのすみずみにまで、しみ通る旨さだったが、脳裡は冴えて、酔いを寄せつけなかった。

転は、夜が明けぬうちに、なさねばならぬことが、ひとつ、あった。

——無駄なことを……。

と、自嘲がともなっていたが、さりとて、その行為を放棄するのは、自由の身となった自分の誇りがゆるさなかった。

危険な行為であることは、転にとって、逡巡にはなっていなかった。危険であれば、あるほど、結構だ、と思う。いや、むしろ、危険であるからこそ、なしとげてみよう、と決意したのである。

黙兵衛の家をおとずれるまでは、夢にも考えていなかったのである。

葛籠の中から、預けておいた自分の着物と差料をとり出すと、一通の書状が添えてあった。

　これは、黙兵衛が、自分の留守中に、転がいつあらわれてもいいように、書き置いたものであった。

　それには、たった一行、

『清姫さま、松平中務少輔殿へ御輿入れ遊ばされそろ』

と、記してあった。

　清姫とは、将軍家息女であった。

――そうか！

　万斛の感慨が、一時に、胸に渦を巻き、それが、ひき潮のように去ったあとに、のこった決意が、

――清姫に会おう！――

　それだったのである。

……六本目の銚子を盃に傾け乍ら、転は、清姫の美しい容子を、思い浮かべようとしていた。

　なぜか、脳裡に、甦って来なかった。忘れる筈はないのだ。二年間、あの地下牢の闇

の中に描きつづけて来たのである。

転は、微かな焦燥にかられた。

自由の身になり、会おうと決意したとたんに、その容子が、脳裡から消えていようとは！

転は、盃をすてて、立ち上った。

「旦那――」

出て行こうとする転を、ふいに、呼んだのは、壁をあいてに飲んでいる男であった。

振りかえった転は、額から右眼を割って、耳もとまで、刀創の走っている凄い面貌を見出した。

「……？」

無言で、次の言葉を待つ転へ、男は、にやりとしてみせた。

「お供をさせて頂けましょうか？」

最初の言葉は、その唐突な申出であった。

「おれに、ついて来る？」

「へい」

「なんのためにだ?」

「なんとなく、でさ」

「なんとなく、か――」

転は、苦笑した。

「ついて来たければ、来るがいい」

その八

赤羽橋前から左手へ折れて、三田へ通じる広い往還を見知らぬ男をつれた転は、ふところ手で、ゆっくりと辿って行く――。

風も落ち、夜明けに間ぢかい静寂は、自分たちの跫音が耳ざわりなくらい深かった。

数町を来るあいだに、きこえたのは、海へむかって飛ぶ鳥の羽音だけであった。

「おい――」

転は、四、五歩おくれた男を、前を向いたまま呼んだ。

「お前は、おれを、以前から、知っているのか?」

「へえ——まあ、ね」

「おれの方では、おぼえて居らぬ」

「ご存じの筈はありません。あっしの方だけが、旦那の途方もなく度胸のあるところを拝見して居ります。……てっきり、もう、この世のお人じゃなかろう、と思って居りました」

「……」

「ところが、あの居酒屋へ、ふらりと入っておいでになった旦那を見て、あっしは、思わず、幽霊——とわが目を疑ったくらい、びっくりいたしました」

「幽霊、かも知れぬ。こうして、二本の足で、土をふんでいる自分を、まだ半分は信じて居らぬ」

「おちついておいでになる。失礼乍ら、二年前よりは、ずんと、人間がおできになっている。とお見受けいたします」

「人間ばなれがして、妖怪じみて居る、と言ってくれてもよい」

「正直に申上げれば、この世に怕いものはなくなったと思っていたこのあっしを、少々薄気味わるがらせておいでなさいます」

「お前は、盗っ人でもやって居るのか？」

「この面を役立てるなりわいは、それよりほかはありますまい。念願をたてて、もっぱら、金子の代りに、刀を頂戴することにいたして居ります」

「武家屋敷に忍び入ってか？」

「へい」

自分の貌(かお)を、このように生れもつかぬ醜いものにした刀をのろって、それを片はしから盗みとる念願をたてたこの賊に、転は、ふと、親しみをおぼえた。

「お前の名は？」

「勘次郎と申します」

しばらく、無言の歩みをつづけてから、転は、告げた。

「おれは、これから、大名屋敷に忍び入る」

「多分、そうだろう、と考えて、お供をさせて頂いたわけなんで」

「……」

「松平中務少輔様――そうではございませんか？」

知っていたのである。

「当った。……いいカンだな」

「旦那が、今夜はじめて、裟婆へ戻っておいでになったとすれば、まず、そうなさるのが、人情と申すものでございましょう」

――この男は、おれと清姫との秘事を知っている。

転は、この偶然を、すなおに、おのれの連命のうちに、かぞえる気持になった。

松平中務少輔の上屋敷は、寛永以前に建てられたもので、桃山の遺風を継いで、豪壮な構えであった。

二重の櫓門を表門として、左方に、それよりもさらに大きな御成門をあけてあった。

どこからともなく落ちて来る仄明りが、それらの大屋根の反りを、鮮やかに、中空に浮きあがらせていた。

海鼠(なまこ)壁の高塀に沿うて、ゆっくりと、表通りを過ぎた転は、つと、角をまわった地点で、立ちどまった。

そこから、家臣の住む平御長屋が、棟をならべているのであった。

乗り越えるとすれば、この一角よりほかはなかった。

塀ごしの楓の枝を仰いだ転へ、勘次郎は、

「旦那、あっしが、さきに――」

と、言った。

「犬に気をつけるがいい」

「合点――」

さきに鉤(かぎ)のついた細引をとり出して、びゅっと投げざま、ぐいとしぼった手馴れた動作は、この稼業に入れた年期のほどをしめした。

身ごなしの軽さと迅さは、おどろくべきであった。

つづいて、塀へのぼった転は、眼下に、烈しくもつれ合う影をみとめて、小柄を抜きとるやいなや、それへ投じた。

異常な唸りをあげて、はねかえったのは、巨きな白狗(しろいぬ)であった。

吠えずに、勘次郎にとびかかって来たのは、よほど訓練されていた証拠である。このことから推量して、警戒はかなり厳重な屋敷だ。

「びっくりさせやがる」

勘次郎は、嚙まれた左の上膊へ、手ばやく、手拭を裂いて、巻きつけた。

「まだ、三、四匹は、庭をうろついていると考えてよい」

言いすてて、転は、すたすたと歩き出していた。

奥向の御殿のある壺庭までは、数町もあろう。そこへ行き着くまでに、見廻りの者も幾人か仆さねばならぬ。

肚をきめた転の態度は、いささかも悪びれず、堂々として罷り通る落着きをみせたのである。

その九

恰度、その時刻であった。

この屋敷のあるじである今年十九歳の松平中務少輔直元は、黒紬に前帯の寝間着姿で、すり足に、表御殿から、壺庭に面した長廊下をつたって、奥との境の御錠口に来ていた。

この深夜に、奥向に入ることは、例のないことだった。

藩主たる者の日常は、非常に厳しい規律にしたがう。例えば、外出にあたっても、東門から出た以上、東門から戻らなければならなかった。帰途の方角によって、西門をくぐろうとしても、門番は断じて、扉を開かなかった。たとえ、藩主と雖も、規律を破ることは許されず、もし破ったならば、あとで門番は、重役の命によって、切腹して果てる仕儀となる。

藩主が、妻妾のすまう奥向に入るには、御錠口に、酉刻（暮れ六つ）までに、通報しておかなければならないしきたりであった。

まして、この松平家にあっては、奥方は将軍家息女清姫であった。

良人を、「中務――」と呼びすてにして、一向にさしつかえのない妻なのである。

仕えている年寄・中﨟以下六十余名の女中は、悉く、江戸城西丸から、清姫に付添って来た者たちばかりであった。

いわば、そこは、小規模の大奥と化していたのである。女中たちでさえ、蔭では、「中務少輔が」と呼びすてていた。清姫が、輿入れするにあたって、老中下知状の第一条に、「姫君様おん為第一に存じ奉り、中務少輔儀これまた疎略に存ぜず、御奉公油断あるまじき事」とあったのを、女中たちは、姫君本位に解釈してしまったのである。

若い藩主にとって、これら女中たちの横暴は、腹に据えかねるところであった。しかし、重役たちの諫めもあり、清姫を迎えるにあたって、化粧料三万両、手当として毎年一万両ずつ給せられるとの幕命を得て、極度に窮迫していた藩政が、ひと息つけるのであってみれば、これを利生として、見て見ぬふりをする忍耐も、やむを得なかった。

しかし、どうしても我慢のならぬことが、ひとつあった。

清姫が、身をまかさぬことであった。

迎えてすでに、三月になっている。

「おからだの加減がすぐれませせぬゆえ——」

奥入りを予告するたびに、判で捺したように、御付年寄からの辞退の口上が、それであった。

良人として、これ以上の屈辱はなかった。清姫は、直元より、三歳年上であった。古来、まだ破瓜期に達しない少女を、妻にして、その熟するまで、数年を待たねばならぬ例は、決してすくなくない。

しかし、理由を明さず、花をひらいた若い女体が、良人を褥に入れるのを拒絶しているのである。直元の忿懣（ふんまん）が、ついに堰（せき）を切ったのは、無理もなかった。

つかつかと御錠口に歩み寄った直元は、下げられた鈴紐を、ぐいと引いておいて、杉戸を烈しく叩いた。

「開けい！　お住居（清姫のこと）に会うぞ」

　呼ばわる大声に、戸のむこうで、御錠口番の老女と表使が、

「ご無体な……」

「ご狼藉を遊ばされる」

　と、非難の声をかえした。

「何が狼藉だ。あるじが、妻のもとへやすみに参るのに、なんの不審がある！　開けい！」

「酉刻が、刻限ではございませぬか」

「それまでに、奥へ入ることを報せて、ただの一度でも、貴様らは受けたためしがあるか！」

　直元は、いきなり、脇差をひき抜くと、鍵の横へ、ぶすっと、突き立てた。

　兵法に心得のある若い力は、女たちの悲鳴をききつつ、戸を破るのに、さしたる時間を要しなかった。

　一歩ふみ込んだ直元にむかって、二間あまり逃げた老女と表使は、

「大事に相成りまするぞ！」

「お気をしずめ遊ばしませ！」

と、叫んだが、その態度も語気も、あきらかに、侮蔑をしめしていた。

「おのれらには用はない！　下れっ！」

直元は、大股に突き進んだ。

女たちは、廊下に据えられた金網燈籠の明りに煌く白刃に怯えて、手近の部屋へ逃げ込んだ。

この騒ぎに、廊下の彼方に数名の女中が、雪洞をかかげて、姿をあらわしたが、たちまち、ばたばたと走り去った。竹皮三枚裏の上草履を、そこへ二、三足ぬぎすてて——。

「お殿様、ご乱心にございますぞ」

きり裂くような叫びが、ひびいた。

騒然となった奥向の空気が、直元の憤怒を、さらにあおった。

もし手向う者があれば容赦なく斬りすててくれると、眼光を配り乍ら、直元は、まっすぐに、清姫の寝所をめざした。

その十

清姫は、綺麗な花模様の緋縮緬の夜具を、胸まで掛けて、やすんでいた。白羽二重の寝間着よりも、さらに白く透けるような肌の持主であった。長い睫毛が落す翳が、その細おもてを、寂しいものにしていた。その細い肩にも、胸で合せた双手にも、いのち薄げな淡い翳があった。

中臈の手でお寝梳きをされた黒髪が、真岡木綿の布地の上に、ふわっと拡っているさまが、その寝顔を、一層寂しくみせているようであった。

一段下ったところに、当夜の宿直にあたった中臈が、やすんでいたが、お鈴廊下からあがった叫びに、ぱっと褥をはねて、起き上った。

「姫様っ！」

呼ばれて、清姫は、切長な眸子をひらいたが、こたえず、動かなかった。

「姫様、お殿様が、御寝に参られます！」

「……」

清姫は、微かに、唇をひらいたが、声音を口のうちで消した。

眸子には、茫乎たるうつろな色がただようていた。

中﨟が、走り出て行ったかと思うや、廊下で鋭い悲鳴があがった。

「お殿様っ！」

「中務どのっ！」

「姫君に対して、御無礼でありましょうぞっ！」

口々に、非難の金切声をあげつつ、白刃の周囲で右往左往するありさまが、清姫にも、手をとるように判った。

「ああっ！」

悲痛な絶鳴がほとばしるのをきいて、清姫は、はじめて、はっと表情を変えた。

襖が、ぱっとひき開けられたので、反射的に、目蓋をつむった。

ついに、脇差を衄(ちぬら)せてしまった直元は、極度の昂奮で、眉も眦(まなじり)も唇も、痙攣させていた。

廊下に蝟集した女たちを、はったと睨みつけて、

「おのれら、一歩でも入って参ったら、お住居を斬るぞ！　覚悟せい！」

あびせかけておいて、ぴしゃっと、襖を閉めた。

ずかずかと、枕元に寄って、血刀を畳につき立てるや、

「お住居！　肌身をゆるさぬ存念が、奈辺にあるのか——きこう」

と、迫った。

「……」

清姫は、表情を抑えて、睫毛ひとすじもそよがせなかった。

「唖を通すつもりか！　……そうは、させぬぞ！」

直元は、いきなり、掛具を、はねのけた。

白羽二重に包まれて、ゆったりとのばされた胸から脚へかけての細いしなやかな線は、馥郁と匂う懸崖の白菊のように、気品ある華麗な眺めであった。

直元の胸のうちで、憤怒の昂奮は、残忍な欲情に易った。

「お住居っ！」

血走った眼光を、その清雅な寝顔に食いつけつつ、本能にかりたてられた片手が、寝間着の前を摑んだ。

一瞬——清姫の青い眉は、苦痛で、ひそめられた。

――これは、わしのものだ！

声なく絶叫しざま、直元は、摑んだ白羽二重を、毟（むし）り取るように、力一杯ひき捲った。

緋の腰絹もろとも、寝間着の裾は、むざんに乱れて、絖（ぬめ）のようななめらかな、ふっくらした下肢を、あらわにした。

「……」

乱打する動悸を、肩の荒々しい喘ぎにみせて、直元は、五指を、ぴったりと合された腿と腿の奥へ、ねじ入れようとした。

――清姫は、両手で、顔を掩うた。

その十一

不意に――直元が、五指の力を喪って、にぶい音たてて畳へ倒れるのを知った清姫は、咄嗟に、はじかれたように、身を起して、寝間着の前を、かくした。

失神した直元のうしろに、うっそりと立つ黒い姿へ眸子（ひとみ）をあてたのは、そのあとであった。

「あっ！」

清姫の白い貌に——いや、全身に、信じられぬ奇蹟を、そこに見出した衝撃が起った。

眸子と眸子は、瞬間、自分たちが置かれた異常の状態をも忘れさって、惹き合うた。

「……」

「……」

互いに、言葉は、なかった。

清姫は、片時も忘れなかった男に、二年ぶりに、会ったのである。

「うたた殿——」

夢見るように、その名を呼んだ。

そして、そう呼ぶことで、清姫は、これが夢ではない、とさとった。

「転どのっ！」

現実の中で歓喜する、いきのいのちの恋慕の叫びを、あらんかぎりにあげた清姫は、
人形が活きかえったように、転の痩軀へ、わが身を投げた。

「会いたかった！　……会いたかった！」

譫言（うわごと）のように口走ったあとに、慟哭が来た。

狂ったように身もだえする清姫を、抱きとめ乍（なが）ら、転は、

——姫は、おれのために、肌身をまもって来た！

その感動で、胸を疼かせた。

良人たる中務少輔が、忍耐の堰を切って、寝所へふみ込んで来て、無理無体に犯そうとしたところへ、自分が出現した偶然を、神の摂理か、と思わないではいられなかった。

もとより、この邂逅が、二人の新しい運命をきりひらくという夢想はゆるされない。

廊下を走って来る大勢の跫音は、家臣たちのものであった。

「姫！　……われわれは、天命があれば、また、会えよう」

そうささやいて、つと、押しやろうとした。

「いやです！　もう、はなれては、生きて行けませぬ！　……転殿！　おねがいです！

……わたくしを、何処へなりと——つれて行って欲しい！　行きたい！　行きたいのです！　おねがいです！」

かきくどくいじらしさは、転に、一瞬、

——ともに、斃れても！

と、決意させたが……

廊下から、次の間から、襖を左右に押しひらいて、どっと、家臣の群がなだれ入って来るや、その決意をすてなければならなかった。

直元に意識をかえさせて、これを楯にしてのがれる方法が脳裡にうかんだが、転は、すぐに、払いすてた。

見渡したところ、おのれをおびやかす剣気をはなって来る者はいなかった。

「姫！　おさらば——」

しがみついた白い細腕を捥ぎ離しておいて、転は、三、四歩出た。

家臣たちは、奇妙な沈黙をまもって、一斉に、刀を抜きはなった。

殿が乱心、ときいて、かけつけてみれば、主君はそこに倒れ、清姫は、見知らぬ浪人者にとりすがっていたのである。

この光景に、重苦しい不快の念を抱かされた、家臣たちが、咄嗟に、ほぞをきめたのは、

──この曲者を、屋敷から、生かして出してはならぬ！

そのことであった。

寝所にみなぎった殺気は、清姫の恋慕の叫びをも封じた。

清姫は妖しい魔気を濛としてただよわせて、じぶんからはなれて行く黒い姿を、虚脱して見送った。

転が、二年前の転ではなくなっている──その直感が、心の一隅に生れていた。

……転の進むにつれて、刃圏は大きくひらいた。

転は、背後へ数名が走るにまかせておいて、しずかな口調で、

「無益の殺生は、好まぬ」

と、言った。

家臣たちの口は、いずれも、牡蠣(かき)のようにかたく、とざされたままであった。

「それがしは、元公儀庭番、夢殿転と申す。江戸を去って、再び還らぬ肚をきめて曽て護衛申上げた姫君に、今生の暇乞いに参っただけのこと。隠密の習性によって、無断の侵入はいたしたが、他に意図を抱いた次第ではない。見のがして頂けるなら、凶徒たる振舞いから免れ、悔いを後にのこさずに済む。……思慮を働かす御仁はないか？」

真情をこめて、そう願った。

無駄と知らされたのは、正面の若い士が振り込んで来た第一撃によってであった。

刃風を、うしろへ流しておいて、廊下へ出た。

「転どのっ!」

清姫のいたましい呼び声を、白刃の林のむこうにききつつ、転は、ずんずん、遠ざかった。

「ええいっ!」

と、背後から、斬りつける者を、前に觔(は)わせれば、正面から、

「やあっ!」

と、打ち込んで来た。

これを躱して、後に泳がせれば、横あいから、

「とおっ!」

と突きが襲って来た。

その利腕へ、手刀をくれて、刀を廊下へ落させておいて、足をとめるや、

「無益の殺生は好まぬ、と申して居る!」

と、炳乎(へいこ)たる眼光をまわして、声を張った。

人間ばなれした凄味が、討手たちの気勢を殺いだ。

その刹那をのがさず、転は、五体を大きく跳躍させて、壺庭へ飛んだ。

「のがすなっ！」

「討ちとれっ！」

上役らしい人々の、躍起な呶号があがった。

転は、走り乍(なが)ら、

――勘次郎は、どうしたろう！

その懸念が、ちらと脳裡に掠めたが、あの敏捷な盗賊がよもや捕えられるようなことはあるまいと思った。

途中、木下闇から、猛然ととびかかってきた巨狗を、手刀で打ち仆(たお)しておいて、転は、やすやすと、忍び入った同じ箇所から、塀を越えて、往還へ降りた。

奔り去ろうとしかけて、転は、その場へ、ぴたっと、足を釘づけた。

「……！」

淡々(あわあわ)と夜が明けそめて、露を含んだ白い土を浮きあげた広い往還上に――二間ばかり前方に、ひとつの黒影が、彳んで、転を凝視していたのである。

その十二

霧が、荒れた庭を流れていた。

幾年か前まで、大きな邸宅が構えられていて、何か故あって廃された屋敷跡であった。

霧の中に、繁るにまかせた庭木が、紅葉を彩って、自然の風趣をおびている。

冬季に飛んで来る小鳥たちに、ここをねぐらとさだめさせるにふさわしく、敷地は広く、人の気配をうしなった寂寞は、深いのであった。

濡れた草をふんで、歩み入った二個の影が、小鳥たちのねむりをさまさせて、梢から飛びたたせることになった。

いずれの風姿にも、小鳥の敏感な神経をおびやかす無気味な気色があったのである。

ゆるやかな斜面を下って、泉水のほとりの苔の敷かれた苑路に出るや、そこをえらんだように、双方の足は、停められた。九尺あまりの距離をとって、向い合うや、それなり、幾秒間かの無言の凝視を保った。朝陽が、ここへ光を落すには、まだ、しばらくの間があろう。

霧が、足もとへ沈んでいるので、この対峙の光景は、一層妖しい眺めとなっている。

夢殿転の蒼白な貌の、暗い翳はすでに述べた通りであるが、これを、松平邸前で待ち受けていた人物の面相は、さらに陰惨であった。

年歯は、転よりかなり上であろう。左眼が白濁しているのと、右耳が殺げ落ちているのが、無気味な特徴で、秀でた骨相をかえって化生じみたものにみせていた。

五年前、転が知合った時、この人物の「十六夜十兵衛」という通り名は、剣に心得ある人々のあいだでは、一種の慴怖をもって認識されていた。

この人物の使う十六夜斬りという居合の抜き付けは、おそるべき神技であった。

曽て、西国の雄藩にあって、四隣にきこえた槍術の師範役が、狂気し、家中では、おそれて、一人も、その道場へ近づく者はなかった。たまたま、入国した十兵衛は、これをきいて、平然として、道場をおとずれて、孤身を、百畳敷きの板の間の中央に端坐させた。師範役は、大身の戦国槍を携えて、あらわれるや、問答もなく、近よりざま、飛燕の突きをくれた。

武者窓から覗いていた人々は、次の刹那の光景に、わが目を疑わずにはいられなかった。

十兵衛の姿勢は、依然として変らなかったにも拘らず、師範役のくり出した、槍は螻蛄首を両断されていたのである。穂先は、高く刎ね飛んで、天井へ突き刺さっていた。

師範役は、名状しがたい唸りをほとばしらせて、十兵衛の前に坐り込むと、巨眼を燃やして、睨みつけた。

この息詰まる沈黙の対坐は、ゆっくりと百をかぞえるくらい、つづいた、という。

一瞬――十兵衛の隻眼が細められ、口もとに、凄い薄ら笑みが刻まれた、とみるや、すっと身を起して、ゆっくりと、道場を出て行った。

師範役が、目をひき剝いたまま、どさっと、前へのめったのは、十兵衛の姿が、戸口から消えてからであった、という。師範役の腹部は、師範役自身の脇差によって、いつの間にか、背骨までつらぬかれていたのである。

爾来、十六夜十兵衛は、魔剣の使い手として、すべての剣客から、立合いを忌避されて来たのである。

いや、忌避しなかった唯一の例外がいた。それが、転であった。

そして、五年前の、その勝負は、十兵衛の右耳が斬り落され、斬った転の剣が折れて、引分けとなったのである。

ゆくりなくも――。

両者は、宿敵として、再び、勝負を決する運命を与えられたのである。

十兵衛を、松平邸内に置いたのは、若年寄、永井美作守直峯であった。

浜御殿の地下牢から、転に脱出された美作守は転が必ずや清姫に会いに行くであろう、と推察して、討手として十兵衛をえらんだのである。

まず――最初に口をひらいたのは、十兵衛であった。

「問わでものことを、聞いておこう」

「……」

「おぬしが、将軍家息女に会うたのは、いかなる理由による？」

「刺客の任務外のことであろう。……なんの興味か」

「もし、拙者に勝運があった場合、貴公の遺言として、脳中にとどめておく」

「……」

転は、自分が清姫に会わねばならなかった用件が、重大な秘密を意味するのであったならば、生き残った十兵衛として、代って、それをはたしてやろうという好意から、問うてくれたのだと、合点した。

「わたしが、敗れた時には、遺髪を、姫に届けて頂こう」

「それだけか？」

「左様——」

十兵衛は、疑いをのこす眼眸（まなざし）を、じっと据えていたが、ふっと隻眼を細めた。

間髪を容れず、転は、数尺とび退った。

その両足が地に着いた時には、差料が抜き持たれていた。

下段にとって、十兵衛の間合詰めを促す姿勢には、闘志が沈められて、一種清澄のしずけさがあった。

十兵衛の眉間が、微かに暗く翳（かげ）った。

二年余を、陽のささぬ暗黒の地下牢にすごした転が、五年前に立合った転と、みじんも変らぬ不動無念の迅速ぶりをしめしたのである。

抜き付けの機を与えぬ絶好の後退の動きの中に、おそるべき余裕があり——それを見た十兵衛の心中に驚嘆が生れた。

下段構えの剣は、もはや、居合の神技を封じていた。

冴え冴えと光る転の双眸が、勝ちとった利を語っている。

十兵衛は、十六夜斬りの迅業をすてて、尋常の立合いをえらぶことを余儀なくされた。

だが——なお、十兵衛には、林崎重信の夢想流を法形とした清眼破の独妙剣がのこされていた。

突如として、地を蹴って、流星のような一閃を、転の頭上に送っておいて、さらに数尺後退するや、右半身にぴたっと八相にかまえたのが、それであった。

転もまた左半身の八相となっていた。

これは、双方徐々に、刀身を下げて、青眼に移るべき一瞬の固着状態であった。

転は、その一瞬裡に、青眼になった刹那をはずさず、十兵衛が、清眼破の攻撃に来る、とさとった。

その鋭刀を、どう躱（かわ）すか、である。

こちらが、反撃するのは、その後のことであった。

清眼破とは――。

常静子が著わす「剣攷（けんこう）」にあきらかにされている。

「この太刀の名を清眼破ということ、学ぶ者、ただ等閑に思いて、名義を深く味わわざるなり。まず、その次第を言わんに、この刀法、敵のかまえたる太刀に、われ進みて、太刀を合わすとき、敵にわかに乖（はな）るを、我かえって敵の境中（かまえうち）に入るの法なれば、清眼は敵の青眼の太刀にして、破は、われこれを破るなり。尋常にこれを学ぶときは表剣なれば、敵の青眼動かずして静なれば、われ安んじて太刀を合するなり。是本義に非らず。かかるとき、何ぞ之を破といわんや、総て破というは、難きを犯すに非ずんば、破と言いがたし。因（よっ）て言わん。この対（うけ）太刀、青眼にかまえたるは、その刀を揺すること急にして、敵（これは敵から指す）入りたてじと、鋭心にしてかまえたるなり。かかるときは、われ双刀と雖も、たやすく進み入らんこと難し。ゆえに、敵の揺る鋭刀に、われ剛心を以て進みよること、あにこれ易き思いあらんや。然れば、われ鋭心と雖も、敵の揺る太刀には、之と合すること、必ず機会の当を以て為すべし。その当よきを得れば、敵必ずわれを撃進す。この時、即便に身を翻し、小刀を以て反撃し、敵また之を撃てば、われもまた身を翻して之を撃つ――云云」

すなわち――。

剣気と剣気の凄じい均衡状態に、永い時間を費やして、十兵衛は、絶えず、独妙剣の迅業を予告するであろう。

いかに、技はおとろえていなくとも、二年余の虜囚生活は、転の体力に限界をつくっている。

十兵衛の威嚇して来る闘志に対して、転の気根の消耗は、加速度を持つに相違ない。

当然、破滅の寸前において、転は、撃って出なければならない。

その刹那こそ、十兵衛の居合が、鮮やかに発揮される。

左手の太刀で、受けざま、右手で目にもとまらぬ迅さで、脇差を抜き付ける。これを躱すいとまは、あり得ない。この絶体絶命の危機を、奇蹟のごとく脱してこそ、勝利は、転のものになるのである。

……転は、さらに深く、心気を鎮めた。

その十三

「……もし……もし」

ひそかに、呼びかける声に、清姫は、目をひらいた。

陽は高く昇っている筈であったが、寝所は、昏(くら)くされ、褥は、八双屛風でかこわれていた。

次の間から、中﨟をしりぞけていたし、清姫は、全くの孤独にかえって、やすんでいたのである。受けた衝撃の大きさに、思考の力も失せて、ただ、こうして、じっと、身を横たえているよりほかに、なすべきすべはなかった。

良人に最大の侮辱を与え、家臣たちの不信を呼び、そして、愛慕する男は永久に去ってしまったのである。

清姫は、このまま、褥から起き上らずに、息が絶え果てることをねがっていた。

「……もし！」

呼び声は、屛風のすぐむこうから、ひびいた。

「だれです？」

「お迎えに上った者でございます」

——迎え？

清姫の脳裡に、ひとつの直感が起った。

「そなたは？」

「へい。夢殿転様のお供をして、昨夜から、御殿に忍んでいる者でございます」

——ああ！

清姫は、活きかえったように、身を起した。

「わたくしを転殿の許へ、つれて行ってくれますか？」

「勇気をお出し下さいまし。一念をつらぬいて頂きます」

「す、すぐに、着かえまする」

「これをお召し下さいまし」

屏風にかけられたのは、御半下(おはした)という下婢の衣裳であった。

屏風の外にうずくまった男は、衣ずれの音をなまめかしいものにきき乍(なが)ら、

——余計な真似をした、と旦那に叱られるかも知れねえ。

薄闇の中で、ひとり、微笑していた。

清姫を、屋敷外へつれだすことに、この盗賊は、烈しい昂奮をおぼえていた。すでに、大名屋敷には、屢々忍び入っている。狙ったのは藩主の差料であった。まんまと盗みとった時の快感が、また次の冒険を促すことになるのであった。

こんどは、刀の代りに、生きた人間を——しかも、将軍家御息女という最高の身分の美しい上﨟を、盗み出そうというのである。

盗っ人冥利につきるというものである。

騒擾のあとに来た、どことなく緊張の解けたしらじらしい静寂が、勘次郎のつけめであった。

髷をかえ、御半下のいでたちになって、あらわれた清姫を、盗っ人かぶりの蔭から眺めて、腰を上げた勘次郎は、

「何気ないふりで、廊下をまっすぐにお歩き下さいまし。長局にお入りになっても、平気でお歩きなさることでございます。どの御女中に出会うても、ひくく頭をお下げになれば、顔を見られませぬ。

……どこかの台所口から、そっと、お出ましになって、西の長屋門をめざしてお行き

になれば、途中に、炭小屋がございます。そこの蔭で、お待ちいたして居ります」

調べあげたものであった。

長局というのは、女中たちの住居であった。これは長屋であるが、一本の廊下が各部屋を連絡して、一区劃は、二、三室を有し、台所もそれぞれ別個になっている。

年寄、中臈、御小姓、表使、右筆、中居、使番あたりまでなら、互いに顔も見知っているが、小間使や御半下などは、平常無視された存在だし、頭数が多いので、見咎められる心配はないのである。

……清姫は、動悸をおさえて、そっと、廊下へ出た。


清姫失踪が疑いないものとされて、表御殿に報されたのは、その日の夕刻であった。

夕餉を摂ろうとしていた中務少輔直元は、憤怒で全身を顫わせると、いきなり箸を畳にたたきつけた。

しばらく宙を睨みつけて、唇を痙攣させていたが、やがて、ひくく、

「斬る！」

と、口走った。

江戸家老大久保房之進が入って来て、その形相に、微かに眉宇をひそめたが、すぐに無表情にもどって、座についた。

眼窩が異様に落ち窪み、鼻梁と顴骨が高く、際立った骨相の持主であった。さりげないひと睨みにも、鬼気迫る気魄があって、家中の若ざむらいたちは、ひどく怖れていた。

数年前から、肺を患って臥牀しがちであったが、年中行事を何ひとつ遅滞させるようなことはなかった。

房之進は、沈黙を置いてから、咳ばらいをした。

直元は、房之進から視線をそらしたまま、

「わしは、家督を、直正にゆずるぞ」

と言った。十九歳で、隠居する、と決意したのである。直正というのは、異母弟で、まだ八歳であった。

「隠居なされて、どう遊ばす？」

「市井に降りて浪人となる」

「浪人におなりなされて——？」

「清姫の所在をつきとめて斬る！」

「……」

房之進は、光のある双眼をまばたきもせず、主君に据えていた。

「房之進、止めだてするな！」

直元は、肩をそびやかして、言った。

「べつに、お止めはいたしませぬが……」

冷やかにこたえて、目を膝へ落すと、ちょっと思案していたが、

「姫様をひそかに亡き者にするのは、御公儀の仕事と相成りましょう」

「なに？」

直元は、血走った眼眸(まなざし)を、家老にあてた。

「それは、どういう理由だ？」

「このたびの不祥事は、家中一統の誓いをもって、断じて他聞をはばからねばなりませぬが、これは、恐らく不可能かと存じられます。御公儀においては、当家に対して、姫様をすみやかにおつれ戻しするように責めて参りましょう。同時に、当家がその在所をつきとめるよりさきに、姫様をとらえ、弑逆し奉るに相違ありませぬ」

「何故じゃ？　なんの為にだ？」

「当家をとりつぶす為でござる」

房之進は、はっきりそうこたえた。

その十四

陽をさえぎって、さしかわした梢に、にぎやかな小鳥たちの囀りがあった。廃園から、殺気が去ったと知って、舞い戻って来たのである。

夢殿転は、ふところ手になり、坂になった苑路を、ゆっくりとのぼって行く。

一間前には、草色の筒袖に同じ草色のたっつけ袴で、総髪を藁でむすんだ男が、歩いていた。腰には短い刀を一刀だけ帯びていた。

六尺を越えている骨格逞しい大兵だが、その巨軀には、ふしぎに、なんのいかめしさもなかった。駘蕩（たいとう）たるあたたかな気色は、後姿にもただようていた。

転と十六夜十兵衛が、相青眼となって幾分間かの、凄じい固着状態を置いて、ついに潮合きわまった、と互いにさとった――刹那、突如として、その充満した剣気をふきとばす一声が、あびせられたのであった。

「喝っ！」

天地を劈いた、といっても誇張にはならぬくらい、それは、烈しい鋭気を罩めていた。

並みの剣客同士なら、その一喝で、竦然と、四肢をこわばらせたに相違ない。

転も十兵衛も、衝撃を受けつつもきわまった潮合をすてさるには、あまりにも、三尺の白刃におのが闘魂を張りわたらせていた。

両者は、その一喝で、かえって呪文を解かれたごとく、地を蹴っていた。

不運は、十兵衛の方にあった。

一喝によって、清眼破の独妙剣が、はばまれて、右手で脇差を抜き付けるいとまがなかったのである。

ふたつの速影が、風のごとくに、飛び交うて、その位置を転じた時、十兵衛の右腕は、五指で柄を摑んだまま、肩からはなれて、ダラリと地に垂れていた。

重心を喪った五体を、なお、数秒間、地上に立たせて、十兵衛は、大きく胸をひらいたまま、じっと、転を凝視していたが、ふっと、灰色の唇を歪めると、

「まだ、業力が、いずれにあるか、きまっては居らぬ」

と、言いすてて、片腕のぶら下った刀身の重さに、徐々に、切先を落して、杖にした。とみたとたんに、枯木が倒れるように、苔の上へ、撞(どう)っと伏したのであった。

転が、やおら視線をまわすと、泉水をへだてて、この大兵の男が、釣竿を携げて彳(たたず)んでいたのである。

年配は、すでに六十を越えているかとみえた。目も鼻も口も大きく、古武士の風格をそなえていたが、たたえた微笑は明るく柔和なものであった。

転が、黙って、刀身を腰におさめたところへ、池畔をまわって近づいて来た男は、倒れて動かぬ十兵衛を見下して、

「業力と言うたな。神力と申さなんだのは、おのが分を心得て居るためであろうかな」

と、言った。

「お手前の気合は、わたしに加勢する結果となった。……ともに、魔剣と見てとられたであろうに――余計な振舞いをされた」

転が、しずかに言いかけると、男は、笑って、

「こちらの御仁が勝って居れば、そうは申すまい。魔剣にも、心掛けの差異はあろう」

そうこたえて、無遠慮な眼眸（まなざし）で、転を正視していたが、

「粗茶を一服、進ぜたい。ござれ」

と、促すや、さっさと歩き出していたのである。

転に、あとへしたがわせたのは、この男の自然な寛濶な態度であった。

——何者であろうか？

その興味もあったが、さしあたり、憩うべき場所を持たない転は、点前（てまえ）を受けること に心がうごいた、ともいえる。

自分のような、一瞥して、地獄の底から抜け出て来たと判る人間を招いてくれるのは、俗世から脱した心境の持主である証拠であろう。

「無風亭」

閑静な雑木林にかこまれて、いかにも隠者のすまいにふさわしい一屋の、柿葺（こけら）きの土庇のふかい玄関にかかげられた舟板の額には、その三文字があった。

迎えに出たのは、五十年配の妻女で、由緒ある家柄の出を告げる、奥床しい、品のある容子と物腰であった。

みちびかれた茶室は、「一字草庵二畳敷に侘ずまいして、薪水のために修行し一盌の茶に真味ある事をほのかに覚え候」という禅味の趣きに則ったたたずまいであった。

床の間には、「真」の一字の朱拓がかかげてあり、その下に、縄文式甕形の土器が、傾いて、据えられてあった。

湯は沸いて、松風をつたえていた。

藤蔓をからめた竹棰に栃木板を張った化粧屋根裏の下で、寂然たる点前がつづけられた。無風亭主人は、黒筒茶碗を傾けて、喫する転を見戍って、にこと満足げに微笑した。茶道に通じたその所作は、みごとであり、いちぶの隙もなかったのである。

点前がおわると、主人は、ひょいと腰をあげたかとみるや、無造作にあぐらをかいて、

「あの屋敷跡の池には、鯉がたくさん居り申してな、毎朝、釣糸を垂れるのが、日課じゃ」

と、言った。

「結構なご身分とお見受けします」

「陽炎を淋しきものと知らざりき——風雪をくぐって、悟った。と申したいところじゃ

が、さにあらず。俗念が旺盛のあまり、日常を閑雅に見せかけて居るだけのこと」

「……」

「謡いにもある。形をもとむれば苔底が朽骨、見ゆるもの今更になし、さてその声を尋ぬれば、草径が亡骨となって、答えるもの更になし、とな。人の世の無常が、胸に来ると、つい、俗念をすてようとする。人間の弱さじゃな。ひとつ、横道に、俗念を、逆手にとってみる方法もある」

「……」

「さしでがましいようじゃが、おぬしの顔は、ちと、暗すぎる。明日とは言わぬが、今日を生きるのにも、その暗さでは気軽に振舞えまい」

「癡人(ちじん)の面前で、夢を説かれてもしかたがありますまい。てまえに残っているのは、どこへでも身を運べる自由だけで、……生きる上での是非を識別する能力は喪われて居ります」

「おっと、待った。浮世の是非は、誰が定める？　おのが自身で定めることではないか。他人が是としたことも、おのれは非として、一向にさしつかえはあるまい。ただ、その際、分別くさく、ためらわぬことじゃ。生れ出た時のままの大らかな気分で、やってのける。……ひとつ、その一例を、ごらんに入れようかな」

「……?」

主人は、手を拍った。

妻女があらわれると、こともなげな口調で、

「どうじゃ、須賀。……わしら夫婦が、近年は大いに自然の理に叶(かの)うて、のびのびとくらして居るところを、この客人に、お見せしようではないか。天に跼(せぐ)まり、地に累足(ぬきあし)するばからしさを、お教えするのだ。よいか」

「はい」

妻女は、しとやかな無表情で、頷いた。

「されば、そこへ、寝い。夜具も不要じゃ」

転は、はっとなった。

主人と妻女の顔を見くらべて、息をのんだ。

妻女は、しずかに、そこへ仰臥すると、目蓋をとじた。

主人は、ゆっくりと、立って、近づくや、なんの逡巡(ためら)いもみせず、妻女の裳裾(もすそ)をはぐって、沈んだ冷たい二本の下肢を白羽二重の腰絹の中にあらわにし、その一脚を押し

拡げさせておいて股間から下腹へむかって、てのひらをすべらせた。

「いまだ三十歳の肌を保っているのが、自慢でな」

明るくそう言いつつ、主人は、妻女の胸をはだけさせた。

すると、妻女は、幼児に乳を与えるごとく、乳房へ片手を添えた。

主人は、顔をよせて、乳くびをくわえた。

……一顆を舌に与え、一顆を手に呉れて、その秘所を指頭の弄ぶにまかせた老女は、やがて、皮を剝がれた生木のように白く丸い肌膚をゆるやかに蠢かせて微かな陶酔の呻きを洩らした。

陽ざしが移って、一枚の障子が開かれているそこから、眩しくそそぎ入って、その営みの姿を浸すまで、六十翁の愛撫は、永く、つづけられた。

転は、夫婦が、上下二つに重なった時、差料を把って、立ち上っていた。

恍惚をうたう絶え入るような声音が、玄関へ出た転を追って来た。

往還をひろいはじめた転は、なお、白昼夢の中にいる心地であった。

その十五

小石川同心町から鷹匠町にかけての武家地は、旗本のうちでも布衣(ほい)以上の身分の士の屋敷がならんでいる。

中でも、鷹匠町の通りから三百坂下通りに行きつく地域には、御小姓番、御書院番の屋敷が、大きな構えをきそうていた。番方中、番方中、両御番は、将軍家のお側近く勤める名門であった。

書院番組頭二階堂靱負(ゆきえ)邸は、宏壮な松平播磨守上屋敷と向い合って、ひけをとらぬ堂々たる門構えであった。

しかし、そのくらしは、上流には珍しく、きわめて質素で、家来たちも、よく躾けられて、つとめて目立たぬように振舞っていて、家族がすくないせいか、一年中、ひっそりとしずかで、人の出入も殆どなかった。あるじの人柄をしのばせて、式法を守ることがきびしいために、邸内の空気が冷たくなっているように、隣人たちには、うかがわれた。先年、奥方が逝ってから、一層、その観がふかくなった。

今年十四歳の長子庄之助は、自分の居間で、熱心に、楚辞の勉強をしていた。十一歳の時に、すでに、四書五経の素読吟味を通った秀才であった。

幕府時代にも、武家の少年たちには、大変むつかしい試験が課せられていたのである。十二歳になると、湯島聖堂で、四書五経の素読の試験を受ける規則があった。これに及第しないと、たとえ長男であっても、家督相続は、許されなかった。

頭のいい少年は、十二歳未満でも受験できたが、これは合格は稀であった。庄之助が十一歳で及第したのは、近年珍しいこととして、噂されたものであった。

素読吟味を通っていれば、十五歳に達しないでも、公年をもって元服することができた。父親が、死亡した場合を考慮しての便宜的処置であった。したがって一人息子の場合は、とりわけて、試験の及第が望ましかったわけである。

「若様――」

廊下に袴の鳴る音が近づいて、用人の声が呼んだ。

「入るがよい」

「はい。失礼つかまつります」

入って来た用人は、ひどく緊張した面持で、

「御勉学中をおさまたげつかまつりまして申訳ございませぬ。嘉右衛門めの一存にては、取計い難き一事出来（しゅったい）つかまつりまして御座います」

「父上の御帰りまで待てぬのか？」

「それが……」

嘉右衛門は、困惑の目を膝に落して、肩をすぼめた。

「なんじゃ、それは——？」

「姉君様が裏門より、そっと、お戻り遊ばしました」

「姉上が！」

庄之助は、おどろいて、大きく目をひらいた。

姉は千枝といい、六年前まで、この屋敷にいた。庄之助は、姉が、不意に、屋敷からいなくなった時、どんなにおどろき、悲しんだことだったろう。父も用人も、だれも、その行先を教えてくれなかった。

姉が、下谷通新町の浄心寺という尼寺で黒髪を落して、美しい比丘尼になっている、と知らされたのは、一年ばかり過ぎてからであった。何故に、そうなったのか、理由は明してはもらえなかった。

その姉が、この夏、浄心寺より失踪したという報告があって、ついに、今日まで行方はわからなかったのである。失踪の原因については、父の靱負は、知っている気配があった。

庄之助自身は、姉の身の上に関する限り、全くの聾桟敷（つんぼさじき）に坐らされて来た、といえる。

「お上げいたしたものか、……どうか思案にあまりまする」

嘉右衛門が、沈痛な声音をはいて、だんだんうなだれるのを眺めていた庄之助は、突然、決意して、

「わたしが会う。書院へ通してくれ」

と、言った。

嘉右衛門は、はっと顔を擡（あ）げて、

「よろしゅうございますか？　あとで、お父上様のお咎めは、ございませぬか？　御帰りまで、てまえの長屋におとどまり願っておきましては――」

「よい。わたしが、責を負う。おつれしてくれ」

「はい、それでは……」

紫の布で、頭をつつみ、粗末な木綿の着物で俏した——姉信照尼が、影のように、そっと入って来た時、庄之助は、容儀を正して、床の間正面の座に就いていた。姉としてではなく、見知らぬ客として応対する心組みであった。

「あ——」

信照尼は、なつかしげに、成育した弟を見戍って、もう、眸子に、泪を滲ませた。

庄之助は、感動をおさえて、

「お坐りなさい」

と、座をしめした。

きりっとした弟の態度に、一瞬戸惑った信照尼は、のめるように坐って、両手をつかえると、

「すみませぬ」

と、頭を下げた。

ほそった肩のあたりに、失踪以来の苦難が滲んで、いたいたしかった。

「おかくまいしなければならぬのでしたら、庄之助の一存では、てだてがありませぬ」

庄之助は、まず、そう言った。

姉は、こたえなかった。

「もし、これから、何処かへお行きになるのでしたら、若党をお供させましょう。母上の遺された着物も出しますし、路銀の用意も、嘉右衛門に申しつけます」

そう言い乍ら(なが)も、庄之助は、こみあげて来る熱いものを抑えるのに、必死だった。

「庄之助殿！」

信照尼は、泪に濡れた顔を擡げると、

「わたくしが、どのような身になったか、貴方は、ご存じなのですか？」

「存じませぬ」

庄之助は、かぶりをふった。

「わたくしは……」

言いかけて、絶句した信照尼は、そのまま、嗚咽した。

その時、あわただしく、走って来る跫音がひびいた。

「若様！　お父上様が、お戻りでございまする！」

嘉右衛門の告げる声を、庄之助は、霹靂ときいた。

その十六

その日、帰宅した二階堂靫負(ゆきえ)は、出迎えた者たちに、一瞥でそれと判るくらい、はっきりと、暗い翳を、面上に刷いていた。

喜怒哀楽を、表情に出さぬのが、この人物がおのれ自身に課した厳しい戒律であった。そのために、城中でも屋敷でも、身のまわりに冷やかな空気を漂わせていたのである。

その名をきけば、すぐに、窮屈な、息のつまる存在としてのみ、思い泛べられていたのである。

——どうなされたのであろう?

皆は、ひとしく、不安を湧かせて、奥に入る主人の後姿を見送った。

就中(なかんづく)、用人の嘉右衛門は、書院の姉弟にその帰宅をひそかに告げておいて、玄関にひきかえして来ていただけに、思いがけぬ主人の憂悶の様子に、愕(ぎょ)っとならずにはいられなかった。

靫負は、居間にはいると裃をとっただけで、茶を所望し、飲みほした碗を膝に置いて、しばらく、茫然と、虚脱気味の眼眸(まなざし)を宙に送っていた。

この態度も、常に見られぬものであった。

侍女が、すすめたが、

「お召しかえを――」

「よい」

と、拒んで、庄之助を呼べと命じた。

次の間にひかえていた嘉右衛門は、はっと胸を騒がせると、侍女に、自分が取次ぐと目くばせして、廊下へ出たが、

――どうなるのであろう。

と、困惑した。

ただならぬ主人の様子は、何か、よくよくの重大事が出来(しゅったい)したことを教えている。

――お嬢様は、ご運がなかった。

暗然として、そう思わずにはいられなかった。

――やむを得ぬ。若様におねがいして、お嬢様がお戻りになったことを、秘して頂か

ねばなるまい。

書院の広縁に坐った嘉右衛門は、俯向いたまま、

「お父上様がお呼びでございます」

と、告げて、すぐに庄之助が、立って出て来ると、

「若様！」

必死の目をすがらせた。

「お父上様には、なにか、お心に煩(わずら)いがおありのご様子でございます。……何卒姉君様のことは、本日、お耳にお入れ遊ばさぬように――」

庄之助は、ちらと、老いた忠義一途の用人を見やったが、なにもこたえずに、歩き出していた。

「若様！」

嘉右衛門は、悲痛な声音で呼んだが、庄之助の足を停めさせることはできなかった。

庄之助は、父の居間に入ると、型通りの挨拶をした。

さすがに、視線を合せる勇気はなかった。

靱負は、息子を、じっと瞶(みつ)めて、

「友達でも参っていたのか？」

と、書院に、客がいる気配を、ちゃんと知っていたのである。

「はい」

庄之助は、胸に痛みをおぼえつつ、頷いた。

靱負は、ちょっと沈黙を置いてから、

「申し置くことがある」

「はい」

「父は、明朝、湯島大成殿（聖堂）の西方、桜馬場において、大番組頭和久田総三郎と、果し合いをいたす」

「えっ？」

庄之助は、愕然として、顔を擡げた。

父の眸子は、暗く沈んでいたが、底に、優しい光がたたえられているように、感じられた。

「理由は、そちにきかせるわけに参らぬ。武士の意気地――廉恥を知る者の気概によって、やむを得ぬ仕儀と相成ったと、心得ておくがよい。……これより、和久田総三郎に宛てて、果し状をしたためる故、そちが持参せい」

「お父上の方より、意気地をお立てなさいますのか？」

「そうじゃ」

庄之助は、目を伏せると、

「持参つかまつります」

言って、膝で、こぶしをかためた。

その十七

江戸の中心にある大通りは、宵のひとときが過ぎると、すぐに、深く更ける。暮れ六つになると、店は大戸をおろすし、人影は殆ど無くなってしまうのであった。

殊に、京橋から筋かい御門内にいたる大店が檐（のき）をならべた大通りには、音曲鳴物の音色のひびくのは、山王神田の両祭の時ばかりであった。子女たちに遊芸をならわせるのにも、世間にきこえないように、土蔵の中とか、あるいは土蔵にかこまれた奥座敷などをえらんでいたのである。

犬の遠吠えを呼び乍(なが)ら、番太の打つ拍子木の音が、厳冬のさきぶれのような冷風に乗って来る。

「五つでござアい……」

横町からあらわれて、大通りを横切って、また横丁へ、その猫背が消えて行ったあと、しばらくは、目路の果てまで、人影ひとつとどめず、しろじろと月光に照らされて、道幅はいたずらにひろかった。

やがて――。

どこかの大店で、ふるまい酒に酔ったらしい職人が、両手をすっこめた半纏の袖をひらひらさせ乍(なが)ら、現われた。

蓮の葉に
たまりし水は
袈裟の色
釈迦の泪(なみだ)か、ありがたや

ところで、蛙がひょろと出て、

それはゆうべの
わしの小便

胴間声で、三下りをうたい乍ら、まんさんと千鳥に歩いて行く——その数間あとへ、つづいて現われたのは、庄之助であった。

路上に長く匐った自分の影法師を踏んで行き乍ら、父のこと、姉のこと、そして明日のわが身のことに、心は重く、ふさがった。

懐中には父が和久田総三郎に宛てた果し状があった。

清廉潔白を保ち、武弁の節義を尚ぶことにおいて、旗本中その人格のぬきんでた父が、自ら進んで、果し状をしたためたからには、よほど、腹に据えかねた屈辱を蒙ったに相違ないのである。

庄之助は、三河譜代の二階堂家を、敝履を棄てるごとく、抛ってまで、武士道の吟味に叶う意気地をたてようとする父に、感動こそすれ、いささかも、反撥をおぼえてはいなかった。

父に似て、左文右武の家に生れ育った者が踏まねばならぬ法度の枢要を、みじんも疑わぬ庄之助であった。

ただ、なにぶんにも、十四歳の少年であった。一時にのしかかって来たわが家の一大事を受けとめるには、その感情はまだ稚く、柔(やわ)であった。

一歩一歩に、わが家門の破壊の音をきく苦痛を、如何ともなし難かった。

……と。

庄之助は、われにかえって、顔を擡げた。前を行く職人が、

「な、なんでえ！」

と、大きく喚いて、身構えたからである。

職人の行手に、一間の距離を置いて、白い頭巾で顔をつつんだ、黒の着流しの浪人者が、うっそりと彳(たたず)んでいた。

その右袖は腕を喪って、だらりと垂れていた。

この辻をえらんで、逢魔の恐怖を与えるために、待ちもうけていたとしか思われぬ――陰惨な妖気を、瘦身から漂わせている人物であった。

頭巾の蔭に、一眼が白濁している無気味さも、職人の酔いを急速にさます効果があった。

「ど、どうしようと、ぬかしゃがるんでえ！」

職人は、半纏をぬぐと、それを楯にすべく、片手にかざして、

「化物野郎っ！」

と、ののしった。

浪人者は、ゆらりと、一歩迫った。

庄之助の眸子には、浪人者もまた酔っているように映った。

「畜生っ！　辻斬りが怖くて、情婦（いろ）のところへかよえるけえ！」

喧嘩には馴れているし、度胸もある職人らしかった。

動きに敏捷さをみせつつ、じりじりと、左方へまわりはじめた。それにつれて、浪人者も、すこしずつ、向きを移した。

縦の対峙から、完全に横の対峙へ——その位置を転じた瞬間、

「くそくらえっ！」

職人は、半纏を、ぱっとたたきつけるや、横っ跳びに遁げて、そのまま、一目散に奔（はし）ろうとした。

庄之助は、次の刹那に、そこに起った光景を、ただ茫然として、目撃しなければならなかった。

宙に大きく拡った半纏の下をかいくぐって、滑るように追った浪人者は、無言で、抜き討ちに、白い光を職人へ送った。

絶鳴をあげるいとまも与えられず、首は、その胴をはなれて、数尺も高く夜空へ、刎ねあがった。

浪人者は、落ちて来る首を、凄じい気合とともに両断した。

「……ふん。まだ、業力は、おれにある」

刀身を腰におさめた時、浪人者の口から洩らされたひくい独語は、それであった。

十六夜（いざよい）十兵衛は、あの廃園から起き上って、生ける幽鬼と化し乍（なが）ら、剣の妄執に憑かれたままに、おのが残り腕を、試してみたのである。

庄之助は、十兵衛が、こちらへ向って来るのを、そこにまだ立ったなりで見戍（みまも）っていた。

「……」

「……」

眸子と眸子が、合った。

たじろがず、瞶（みつ）めかえすのは、少年にとって、非常な勇気を必要とした。庄之助は、敢えて、それを為した。

通り魔の狂暴な殺気は、庄之助に対しても、ふと動いたが、元服前の少年と見て、それを抑えたのは、十兵衛にも、なお、纔か乍らも、人間味がのこっていたのであろう。

庄之助は、かたわらを行き過ぎる十兵衛へ、視線をまわしたが、急に、自分で思いがけぬ激しい感情が漲って、

「待て！」

思わず、叫んでしまった。

十兵衛は、ふりかえった。

「罪もない人間を……犬か猫のように、斬りすてて……天道にそむく仕業ではないか！」

「……」

十兵衛は、口をつぐんだなりで、じっと、隻眼を据えた。

「おのれの不運を逆恨みする所業ならば、狂人にも劣る暗愚！　剣技を試すのであれば、何故に、正々堂々と、一流の兵法者を対手にえらばぬ？」

十四歳の少年の口から、その叱咤がほとばしったのである。

「……ふむ！」

十兵衛は、向きなおった。

「その高言は、刀を抜くのを辞せぬ、ということか？」

「……」

「黄泉の路上、老は尠し、というぞ。貴様も、死に急ぐか」

ふふふふ、と凄味を含んだあざけりの笑い声を洩らすと、

「かかって来い、小わっぱ！」

と、促した。

「……む！」

闘志を嚙んで、唇をひきしめた庄之助は、草履をぱっとぬぎすてるや、腰を落して、抜き討ちの身構えをとった。

少年とも思われぬ凛冽たる剣気の放射は、十兵衛をして、思わず肚裡で唸らせた。

数秒間の固着状態を置いて、十兵衛の口から、凄じい一喝がほとばしった。

「来ぬかっ！」

「おーっ！」

庄之助は、地を蹴って十兵衛の頭上めがけて、一刀を腰から送り出していた。

この光景を、とある大店の屋根の上から、見おろしている一個の黒影があった。

その十八

終始、無言で、盃を口にはこぶだけで、料理に箸をつけぬ客であった。

加枝は、給仕盆を膝に置き、俯向きつづけて、息のつまる思いである。

昏れがたに、ふらりと入って来て、伯父の黙兵衛が留守ときいたが、

「戻るまで、待たせてもらおう」

と言って、上って来たのであった。

先夜、このさむらいが、容姿をあらためて出て行ってから、ほどなく、伯父は帰って来て、それをきくや、珍しく、表情を明るいものにして、

「ほう……転様が、あの地獄牢から、とうとう遁れ出ておいでなすったか」

と、いくども、満足げに頷いたものだった。

「どういうおかたなんですか」

加枝は、訊ねてみたが、默兵衛は、ただ、

「ご不幸なお身の上なのだ。こんどお見えになったら、大切にもてなしてさしあげなければならんぞ」

そう言いつけただけであった。

だから……加枝は、心をこめて、料理をつくってあげたのだが、対手は、ただ、默々として酒を飲むばかりであった。

正直なところ、加枝は、このさむらいの前に坐っていると、肌身にうそ寒い風がふれるような、薄気味わるさを、どうしても、はらいのけられなかった。

つつましいが、明るい気質の娘なのだが、じぶんから、口がきけないのであった。

転は、あたらしい銚子を運んで来て、膳にのせる加枝の手が、微かに顫えているのをみとめた。

「そなたは……わたしが、怕いか！」

加枝は、あわてた。

「い、いいえ——」

「かくさんでもよい。そなたのような、心もからだもきれいな娘を、おびやかす魔性が、わしにはある」

「……」

「生得のものか、境涯がつくったものか――わたし自身にも、わからぬが――」

思いがけぬ、沁々(しみじみ)とした声音であった。

――このおかたは、もしかすれば、心はお優しいのかも知れない。

加枝は、そう思った。

転は、名を訊いた。

「加枝と申します」

「生れは、江戸ではないようだな？」

「若狭でございます」

「若狭！」

転は、急に眸子に光を生んで、じっと正視した。

「若狭か――そうか」

「若狭をご存じでございますか」

「いや……」

転は、あいまいに、かぶりをふって、盃を把った。

それきり、また、沈黙がおとずれた。

おもての格子戸が開く音に、加枝は、ほっとなって、立ち上った。

「あ――」

加枝は、入って来た伯父を見て、小さな叫びをあげた。

その背中に、死んだようにぐったりとなった前髪立ちのさむらいの少年を負っていたのである。

その十九

「おぬしは、金子以外に、生きものも盗むのか？」

微笑し乍ら、二年ぶりに顔を合せた転の挨拶が、それであった。

黙兵衛は、加枝に牀をとらせて、少年を、そっと横たえると、作法正しく、畳に両手をつかえて、

「お待ち申上げて居りました」

と、頭を下げてから、あらためて、転をじっと見戍って、

「今年うちには、必ずお戻りになると、信じて居りましたが、やはり……」

と、いった。

「自由の身になるねがいは、闇の中の二年を、一月の短かさにもちぢめてくれたが、皮肉なものだ、檻を出たとたんに、生きている虚しさを思い知らされた」

「いえ――」

黙兵衛は、かぶりをふって、何か、なぐさめの言葉をさがしたが、寡黙に馴れた口は、すぐに、それを出せなかった。

転の坐っているそこだけが、別の冷たい空気が漂うているように感じられたことだし、また、転の述懐を、心から受けとめ得る唯一の男が、黙兵衛だったのである。

「姫様には――?」

黙兵衛は、訊ねた。

「会うた」

転は、それだけこたえたきり、視線を、少年の寝顔に移した。

「これは――?」

「盗み出したわけではございませぬ。往来で、ひろいましたので……」

「手負いか？」

「刀の峰打ちをくらって、肩の骨が折れて居ります。その場で、すぐ手当をくわえてやりました故、生命に別状はございますまい」

「むごいことをする」

「対手は、隻目で隻腕で――片端者のひがみでございましょう、わけもなく、辻斬りをやっている浪人者と見えました。職人を斬るところに、このお子が行きあわせて、お咎めになりました。勇気のあるお子でございまして、浪人者が、かかって来い、と誘いますと、なんの躊躇もなさいませんでした」

少年が、撃ち込んだ刀を、奪われて、峰打ちにされる光景を、黙兵衛は、大店の屋根の上から、目撃していたのである。

浪人者が、幽鬼のように、闇の中へ消え去るのを待って、大急ぎで、路上へ飛び降りて、手当をくわえてやったのである。

「隻目で、隻腕か……」

転の脳裡に、当然、十六夜十兵衛の姿が描かれた。

まさか？

片腕を斬り落されたその日のうちに、立ち上って、巷にさまよい出て、辻斬りを行う――信じられぬことだった。

――しかし、余人ではない。あの人物のことだ。やってのけるかも知れぬ。

そう考えた転は、浮世の輪廻というものが、自由を得たわが身のまわりを、たちまちにおし包んで、目まぐるしく流転しはじめたのを、感じないではいられなかった。

――所詮、おれの一生に、薄暮に頤を支えて坐す平穏な日は来ないだろう。

危きを畏るる者は安く、亡ぶるを畏るる者は存う、と素書にある。しかし、それは、危亡を避け得る立場に置かれた者に与えられる言葉であろう。

転は、少年の日から、自身一個の力で、ふりかかる火の粉を払うべき運命を与えられた。一指痛んで身安からず――今日まで、一日たりとも、そうでない時があったろうか。

生きることは、闘うことだった。危機は、常に、目の前に在った。

意・必・固・我――おのれの精神に属する自由な意志に、ひとつとして許されずに来た男である。

転が、苦難の三十年を生きて、得たものがあるとすれば、その一歩を、右にするか左にするか、わずか一尺の幅をちがえただけで、行き着くところが、千里を差うている、という運命の終始に就いての残酷であった。

それ故に転は、何かの出来事に出会うた瞬間、おのれの予感に、重い比重をかける。

——この出来事は、おれの運命の上に、大きな重荷になるに相違ない。

奇怪にも、そう予感するや、自ら進んで、その重荷を背負うて来た転であった。

平坦な街道よりも、茨の難路をえらぶことによって、転は、陽のあたたかさや、花の美しさや風の爽やかさを、つかの間の憩いの中で、欲深く一時に知ろうとして来た、といえる。そして、その行手に越えがたい断崖が待ち受けていようと、なんら厭いはしなかった。

「伯父さん——」

枕元で、不安のまなざしを、少年の寝顔に置いていた加枝が、黙兵衛を、呼んだ。

少年が、自由な方の手をうごかして、しきりに、懐中をさぐるしぐさをしめしたのである。

いざり寄った黙兵衛は、その懐中から、一通の封書をひき出した。

「これは、左封じになって居ります」

と、さし出されて、転は、自分の予感の正しさに、微笑したい気持にさえなった。

「湯気で、封じ目を剝がしてもらおうか」

転は、たのんだ。

書面は、はたして、転のおもてに、その微笑を泛ばせる内容を持っていた。

読み了えて、元通りに封じた転は、差料を把ると、立ち上った。

「この果し状に、わたしが一役買うことにする」

そういった。

「てまえが代ってやれることでございましたら……このお子をひろったのはてまえでございます故――」

「いや。因縁だろう。わたしにも、無関係の事柄ではないのだ」

二階堂靱負が、和久田総三郎に果し状をつきつけることになったのは、その日、城中において、番方の錚々が集まった席上で、ききすてがたい侮辱を受けたからであった。

「出世のてだてには、いろいろとあるが、美しい娘を権勢の生贄にするのは常識、これも、尋常の手段では、芸がない。娘のさし出しかたに趣向を要する」

和久田総三郎が、あたりはばからず、そういい出したのである。

では、その趣向をきこう、と隣りの者に促されると、

「されば――娘を得度させておき、丸坊主で点前などさせて、お目にとまらせてはどうであろうな」

総三郎は、いいはなったことだった。

今夏――二十六夜に、将軍家が、芝愛宕山にのぼって、三光を拝した際、御府内十余箇所の尼寺より五名の比丘尼がえらばれて、茶菓の接待役をつとめたことは、すでに、周知の秘事であった。将軍家が、そのうちの一人を所望して、御休憩所の奥の間へ消えて、二刻をすごしたことも――。

いや、座中の幾人かは、犠牲者が、下谷通新町の信照尼という比丘尼で、それが、二階堂靫負の娘千枝であるということさえも、知っていたのである。

靫負は、終始、そ知らぬふりをしていたが、いくつかの目が、ひそかに自分に注がれるのを感じ乍(なが)ら、猶(なお)平然としていなければならなかったのは、他人の想像もおよばぬ苦痛であったに相違ない。

靫負は、総三郎とは、三十年来、会釈も交さぬ不仲であった。それには、いくつかの

原因があったが、少年の頃より性格的に全く相容れず、しかも、ともに、布衣(ほい)以上の名門中で、他の者たちより抜きん出て、俊髦(しゅんぼう)の噂高く、文武両道において、常に相競う立場に、置かれた二人であった。いわば、生れながらに、好むと好まざるとに拘らず、競争相手として、互いに意識せざるを得ない間柄だったのである。

果し状には、ついに、果し合いの時を迎えたのは、宿縁と申すほかはない、と記し、娘を尼僧にして、将軍家に献上しようと企てるがごとき、この二階堂靱負が左様な卑劣千万な人間であるかどうか、それは誰人よりも貴殿が一番よくご存じの筈であり、承知の上で放言されたのは、三十年来の敵意を落着せしめたい所存にほかならず、当方も、もはや、公私の我を顧て逡巡(ためら)う存念は微塵もなく、明朝卯上刻、桜馬場に於て、雌雄を決するのを、無上の本望とする、とむすんであった。

転にすれば――。

地下牢を脱出するにあたって、偶然にも、救って、犯した尼僧に関わる果し合いであった。

「二年余、暗闇の中で、一切の欲望を抑えて、今夜の自由を待っていた男だ。……美しい柔肌を見せられて、人間のいとなみを試したくなるのは、人情であろう。貴女は、飢えた野獣の前に、甘い肉をさらしたことになる」

あの夜、転は、冷酷にも、そう宣告して、尼僧を抱きすくめたのであったが……。

白痴のように、なんの抵抗もせず、おののきすらもしめさずに、暴力の下に死んだようになっていたあわれさを、転は、果し状を読み了えた時、五官に甦らせたのであった。

――この果し合いに立合って、もし、二階堂靱負が敗れたならば、和久田総三郎を、その場を去らせずに、討ちすててやろう。

転は、そう決意したのである。

黙兵衛の家を出て、まっすぐに、三田綱町へ行き、和久田邸をおとずれて、果し状をさし出しておいた転は、その足で、二階堂邸へ向った。

その二十

靱負は、庄之助を遣ってから、ずっと、机に向って、筆を把りつづけ、ようやく、自分の亡きのちに、庄之助が為さねばならぬ事項の殆どを、書きあげて、ふと、われにかえった。

――帰りが、おくれて居るが……。

床の間の時計を見やって、訝（いぶか）った――その時、次の間に、誰かがいる気配を感じた。

「そこに控えて居るのは、嘉右衛門か？」

呼んでみたが、返辞はなかった。

「誰だ？」

語気を強めて、誰何（すいか）した。

沈黙を、かたくまもりつづけている。

靱負は、佩刀を手にすると、油断なく近寄って、ぱっと、襖を開いた。

そして――。

そこに平伏している者を見出すや、一瞬息をのんだ。

「千枝！」

呻くように、靱負がその名を口から押し出すや、若い比丘尼のほっそりした肩が顫えた。

「千枝、おのれは……」

思わず、烈しい怒声をあびせようとして、靱負は、いったん、口をつぐむとうねりあげて来た名状しがたい激情をとどめた。

それから、声音を抑えて、

「なぜ、おめおめと、今日まで、生きのび居った？」

と、きめつけた。

靱負は、知らなかった。わが娘が、捕えられて、浜御殿の地下牢にとじこめられていたことを。

「千枝！　何処に身を匿して居った？　申せ？」

「……」

「申さぬか！」

「……」

信照尼は、泪で濡れた顔を、そろそろと擡げた。

じぶんがとらわれていたことを知らぬ父に、その事実を打明けるべきかどうかを迷う気色であった。

それが、靱負の眸子には、わが娘にあるまじき惨めな未練ぶりに映った。

「おのれ、仏門に帰依して、後生の幸せを約束された身であり乍ら、その怯懦のざまはなにごとだ！　浄心寺より失踪いたしたのは、衆目のふれる場所で自害いたせば、上様に対し奉り、あまりにもお恨みをあてつけると受けとられると思慮し、ひそかに、この世より姿を消す覚悟によるものと――わが娘乍ら、けなげなこころざしよと思いやり、母の霊にも、あとを追うて参ったならば、いたわってつかわせ、と祈ってやっていたのだぞ。それを……たわけが、俗世に未練をのこして、生きのび居ったとは――」

靫負は、ののしるうちに、胸部に烈しい苦痛をおぼえ、四肢が硬直して来て、くらくらと眩暈におそわれた。

「死ね」

視界を、さあっと掩うて来た黒い幕を、はらいのけるように、脇差を抜きとって、ひと振りすると、信照尼の膝の前へ、抛った。

「死ねっ！　死なぬか！」

叫んだ刹那、靫負は、総身が氷のように凍るのを感じた。

「死、死ねぬのなら……この父が――成敗して、つ、つかわす」

くわっとひき剝いた眸子には、信照尼の貌が、おぼろ月のように、ただ白いものに映った。

「千枝っ！」

靫負は、佩刀を鞘走らせると、振りかざした。

「か、かくご！」

かすれた、細い声を洩らしたのち、徐々にのけぞって行った。

「父上さまっ！」

悲鳴が、屋内を、つんざいた。

嘉右衛門が、走り込んで来て、かかえ起した時、すでに靫負の息は絶えていた。

信照尼は、遺骸が、仏間にはこばれても、猶(なお)そこに坐ったなり、うなだれていた。

思考の力は喪われていたし、泪(なみだ)は涸(か)れていた。

父を憤死させた驚愕と悲嘆と悔恨のあとに来た虚脱感は、夜の海の底に身を沈めているように、一種の安息に似ていた。

それ故であろうか。

廊下に跫音がして、障子が開かれ、宗十郎頭巾の見知らぬ浪人者が、すっと入って来ても、信照尼は、ただ、ぼんやりと、眼眸（まなざし）を送っただけで、心に動くものを感じなかった。

「お父上は、お気の毒であった」

浪人者は、しずかに言いかけた。

「貴女のせいではない。寿命であったと考えられるがよい」

信照尼は、微かに眉宇をひそめた。

ききおぼえのある声音であった。しかし、その風貌に、見おぼえはなかった。

「詮議はきびしかろう。今夜のうちに、屋敷を出られるなら、一時身を寄せられる家をお教えしよう」

信照尼は、あっと小さな叫びをあげた。

「貴方様は……」

「左様、先夜、名前はおぼえておいて頂いた」

転は、頭巾の蔭で、笑ってみせた。

「ど、どうして、ここへ、お出になりました？」

「貴女がいる、と知って参ったわけではない。お父上にお目にかかりたくて、無断で、庭へ忍び入って、ご不幸を知ることになった。重ねて申上げる。お父上の御逝去は、貴女のせいではない！」

「……」

信照尼は、あの薄穢い、臭気をこめた囚人とは、全く別人になった転を、まだ疑惑をはらいきれぬ面持で、まじまじと見あげていたが、

「わたくしを、おつれ下さいますのか？」

と、訊ねた。

「貴女の身柄を引受ける肚まではできて居らぬし、明朝用事もある。……貴女をかくまうのは、別の男がする」

転は、冷やかに、こたえた。

その二十一

ともに、頭を包んだ男女の影が、どこからともなくさして来た明けの色も仄かな暁闇の往還を、ゆっくりと、ひろって行く——。

おもい沈黙は、二階堂邸の裏門を、そっと忍び出た時から、つづいていた。

転も信照尼も、胸の底に重く澱んだ感慨が、それぞれ、自身ひとりのものであると思って、言葉を交すのを遠慮しあっていた、といえる。

とある辻に来て——。

信照尼は、むこうを横切ろうとした人影が、立ちどまって、こちらを、透かし見たのに、はっとなった。

廻り方の八丁堀同心にまぎれもない。

転が、それへ向って、平然として、歩みを停めようとしないのに、信照尼は、小さな動悸をおぼえつつ、

「あの……もし——」

と、呼びかけずにはいられなかった。

「懸念にはおよばぬ」

転は、言った。

手先が三人、同心のそばへ寄って来て何か、ささやきあった。

転は、まっすぐに、彼らの前を行き過ぎようとした。

「あいや――」

同心は、声をかけて来た。

「この時刻、いずれへ？」

「鎌倉へ参る」

転は、すでに、返辞を用意していた。

「鎌倉のいずれへ？」

「松ケ岡東慶寺へ――」

「東慶寺と申すと、駆入り（かけいり）の……」

「左様」

松ケ岡東慶寺は、正しくは、東慶総持禅寺、という。総持とは、陀羅尼の訳語で、達磨大師の弟子の総持尼に因んでいる。禅の尼寺の謂である。

不幸な女たちの身を安全にしてやれる唯一の場所であった。

親兄弟や良人の命令に背くことを許されぬ封建の世の女たちが、必死に逃げ込んで、三年間を、神妙にすごせば、自由が得られたのである。

世上、これは、駆入り寺として、あまりにも名高かった。

開山の目的が、そもそも、不幸な女たちを救済することにあった。

開山覚山尼は、秋田城介安達義景の娘で、十歳の折、十一歳の北条時宗に嫁いだ。時宗が、文永、弘安の元寇に、精根を傾け尽して、三十四歳の若年で逝くや、夫人は、落髪付衣、覚山志道大師となった。そして、翌年（弘安八年）、鎌倉に東慶総持禅寺を開創した。

その時、覚山尼は、わが子である執権貞時に、左のような意味の願文を呈出している。


女と申すものは、不法の夫にも身を任せるのを尋常とされているために、事によって、女の狭い心から、ふと邪心をさし詰めて、自殺などいたす場合があり、不便の事に思います故、右の様な者がある時は、三ヵ年のうち、当寺へ召抱えておいて、何卒夫との縁を切らせ、いのちをながらえさせてやりたく、これを寺法として、きめたいと存じます。あなたのお力で、どうか勅許を賜わりますよう、お願い申上げます。


爾来、当時は、興亡常なき修羅輪廻の巷の外にあって、連綿として、女人救済の悲願をはたして来たのである。

まことに、美徳というべきであったのは、どのように時代が移り変っても、その時々の政府は、この尼寺だけは、別世界のものとして、擁護して来たことである。足利幕府も、小田原北条氏も、秀吉も、家康も、禁制を下し、寺領を安堵せしめた。代々の尼も、為政者と縁が深かった。五世開堂尼は、後醍醐帝姫宮であり、十六世渭継尼は、古河公方足利政氏の子であり、二十世天秀尼は、豊臣秀頼のむすめで、二代将軍秀忠の御台所と昵懇であった。そのために、秀忠および家光の時代において、特に、女人救済寺としての力が、確立した模様であった。

現院代は、薫堂法秀尼といい、水戸徳川家の息女分であった。

したがって——。

当時、駆入って行こうとする女人に対して、幕吏と雖も、これにむごい仕打ちをくわえるのを、遠慮した。

「その婦人を、東慶寺へ送られると申されるのか?」

同心は訊ねた。

「それがしの実妹にして、さる御家人の許に嫁がせて居りましたが、不始末の事があり、主人の手討ちに遭うところを、兄のそれがしがかけつけて、その場で、髪を落させ、東慶寺へつれて参ると約束いたした次第です」

「ふむ」

同心は、転が説明しているあいだ、信照尼を、じっと見戍っていたが、得心してみせ、

「御苦労に存ずる」

と、行手を空けた。

かなり過ぎて、道を曲った時、信照尼は、いつか、転にぴったりとより添っている自分に気づいて、包んだ頬を、ひそかにあからめた。

転が、唐突に問うた。

「貴女が、尼になられた動機は？」

「……」

信照尼はちょっと、こたえなかった。

「他言できぬ理由なら、うかがわなくてもよい」

「いえ――」

信照尼は、決意して、

「わたくしは、もう浄心寺に戻れない身と相成りましたし、父も亡くなったからには、

かくしておく必要もございませぬ。貴方様には、申上げておきまする」

と、言った。

「わたくしは、京の比丘尼御所へ遣されるために、尼にされたのでございます」

「京の比丘尼御所と申しても、多いが……」

「たしか、御直宮さま（皇女）の比丘尼御所と、ききおよびました」

「直宮の……？」

転は、考えていたが、すぐに、

「たしか、四箇寺であったな」

「そうでございます」

大聖寺（御寺御所）烏丸通上立売
宝鏡寺（百々御所）寺之内通堀川
曇華院（竹御所）東洞院三条上ル
光照院（常磐御所）新町通上立売上ル
前三寺が禅、あとの一寺が四宗兼学であった。

もし尼門跡になるべき皇女がいない場合には、無住となる。

男子禁制、というよりも、公儀と雖も、その内部を覗くことは、厳しく拒否されている浮世の外の世界であった。

江戸の尼が、それら比丘尼御所へ遣されるという例も、未だ曽てきかなかったことである。

「なんの目的があってか――貴女は、まだ、きかされてはいなんだか」

転にとって、これは、興味あることだったのである。

「いずれかの比丘尼御所に、天皇帖なる御巻物がしまわれてあるとか……それを、手に入れる役目でございました」

「天皇帖！」

転は、急に、心がひきしまった。

天皇帖――そのようなものが存在することは、初耳だった。

しかし、強烈ともいえる連想が、脳裡を走ったのである。

自分が、暗殺をまぬかれて浜御殿の地下牢にとじこめられていたのも、「大奥帖」という厳秘の一冊の在処を、白状させようとする永井美作守直峯のはからいであった。

実は、転は、「大奥帖」の内容に就いては、知るところがない。しかし、これが、公儀にとって、いかなる犠牲をはらっても奪いかえさなければならぬ重大な品であることは、転自身、犠牲者の立場に置かれて、よくわかっていた。

「大奥帖」と「天皇帖」と。

この二品に、何かの関連があるのではなかろうか？

転は、直感したのである。

転が、何かの出来事に出会った瞬間、おのれの予感を、重く量る生きかたをするように、性をつくっていることはすでに述べてある。

——おれは、檻を出たとたんに、生命を投ずべき事件の中へ、一足ふみ入れたようだ。

自身に、そう言いきかせた。

転が、信照尼をともなったのは、六十翁が老妻を愛撫する光景をくりひろげた「無風亭」なる隠宅であった。

転は主人にむかって、包まず、打明けて、信照尼を預って欲しい、と、たのんだ。

主人は、穏やかな微笑を湛えて、信照尼を見やり、

「絶好のかくれ家をえらばれた。幸運は、ただ今より、そもじの身に、めぐって来よう」

と、言った。

「よろしくお願い申上げまする」

信照尼は、泪ぐんで、頭を下げた。

主人夫妻が、気をきかせて居間へ引きとったあと、しばらくの沈黙があって、転は、口をひらいた。

「天皇帖なるものの内容に就いて、何もご存じないか」

「はい。……ただ御公儀にとり、どのような手段をとろうとも、是非入手しなければならぬ貴重な御品とだけ、きかされて居りました」

「では——大奥帖と申すものがあったのはご存じか？」

「いえ……」

信照尼は、かぶりをふった。

転は、視線をそらすと、胸の底に澱んでいたものを押し出すように、言った。

「権勢というものは、それが、完全な威力をそなえたとみえた時、大きな破綻をどこかに生じている。為政者が、それに気づかぬだけのことだ。たかが一冊の、虫食いの幌の中にかくされた記録の数行が、幕府の大黒柱をゆさぶる——とおそれる為政者自身、それがとりもなおさず権勢が地に落ちた証拠だと、反省する余裕すらもない。威力を完全な上にも完全にしようとするためだ、と考える滑稽さが、第三者の目には、手にとるようにわかるのだが……」

「……」

信照尼は、転の暗い横顔を、瞶めた。

ふしぎな、微妙なおののきが、胸のうちに生れていた。

——どういうおひとなのであろう？

陽の当っている場所を避けて通らねばならぬ身であり乍ら、このしずかな、落着きはらった物腰は、ことばに尽せぬ苦難を経て身につけた、と思われる。

不幸の底にいる信照尼にとって、これは、大きな魅力であった。

ふいに——転が、差料を把って立ち上ったので、信照尼は、はっとわれにかえった。

「失礼する」

転は、かるく一揖した。

「あ、あの……」

目をすがらせて、腰をあげる信照尼に、はじめて、微笑を与えて、

「縁があるからこそ、こうして、貴女にめぐり会って、ここへお連れした。これきりで、無縁になるとは思われぬ。但し、自分の身のふりかたは、自分で考えてみられることだ」

「はい」

信照尼は、すなおに、頷いた。

その二十二

いつの間に夜が明けたか、と訝らねばならぬくらい、昏い朝であった。

ここ——湯島大成殿の西方桜馬場は、その名のごとく、往時は、堤に桜並木があり、花の時分には、見物人もかなり出たというが、今はすべて枯れて、わずかに、見守番屋の前に、一本だけ、申しわけに立ちのこっているきりであった。

ほかに立木といえば、芝土手に、ひょろ高いしだれ柳が二三本、冷たい朝風に、はだ

か枝をなびかせているにすぎない。

和久田総三郎が、駕籠を、土手内に乗りつけたのは、きっかり卯の上刻であった。

駕籠を出た和久田のいでたちは、白鉢巻に、なめし革の襷を綾どり、袴のももだちをとっていた。

六尺ゆたかの大兵で、骨相ゆたかな面貌を持ち、威容あたりをはらうというに足りた。

霜をふんで出て、ずうっと見わたし、

「先に到着して、待ちかまえているものと思ったが……」

と、呟いた。

二階堂靫負(ゆきえ)が、果し状をつきつけて来乍(なが)ら、遅れて到着するとは、考えられなかった。

しかし、姿が見えぬのだ。不審の眼眸(まなざし)を、入口の柵の方へまわそうとしたとたん、土手上の、しだれ柳の根かたから、のっそりと立つ姿が、映った。

黒の着流しの浪人ていである。

この佗しい枯景色に、その痩身は、いかにも、ふさわしいものに見えた。

ゆっくりと斜面を降りて、まっすぐに、こちらへ近づいて来ると、和久田の咎めるようなきつい視線を、暗い無表情に受けとめた。

「和久田総三郎殿ですな？」

「左様——おぬしは」

「名もない素浪人と、お心得置き下さい」

「……」

「いささか事由(ことわり)あって、二階堂靱負殿に代って、それがしがお対手いたす」

「たわけたことを……二階堂は、如何いたした？」

「事由あって、と申上げた。怯懦を起したためでないことだけは、はっきりと申上げられる」

「言訳にはなるまい。貴様ごとき、何処の何者とも判らぬ人物と、この和久田総三郎が、立合えると思うか！」

「物取りの曲者に、襲われたと、お考え下さってもよい」

「黙れ！　……二階堂め、はじめから、貴様を代理として遣すこんたんであったに相違あるまい。……貴様、いくらの金子で、やとわれたぞ？」

「……」

じっと瞶(みつ)めかえしていた夢殿転は、ふっと、冷たい笑いを、口辺に刻んだ。

「和久田殿、お手前が、殿中で、二階堂殿をはずかしめたのは、多分、私憤の故ではありますまい。他に何かの存念があっての所為と推量いたす」

これは、みごとに、和久田の急所を衝いたとみえた。

「貴様、名のれい！」

怒気を面上にみなぎらせた和久田は、大きく一歩ふみ出して来た。

腕には充分の自信があるようであった。

転は、ダラリと両手を垂らしたまま、凄じい睥睨(へいげい)を、平然として、受けとめて、

「やはり、そうであったのか」

「何っ！　……名のらぬか、貴様！」

「あの世まで、おぼえておいて頂く程の名前ではない」

「うぬっ！」

和久田は、抜き討ちに、白い一閃をあびせて来た。

尋常の迅さではなかったが、刃風を空に流す転の躱(かわ)しかたの方が、一瞬速かった。

和久田は、青眼につけると、

「抜け！」

と、叫んだ。

この時、土手のむこうに、数騎が駆けつけて来る蹄の音がきこえた。

馬場の入口にあらわれたのは、いずれも、黒い布で顔を包んだ武士たちであった。

「お——あれは！」

「二階堂ではないか……」

一斉に、馬から降り立つと、霜士を蹴って、走り寄って来た。

転は、その六名の姿へ一瞥くれると、

——来た甲斐があった、というものだ。

不敵に、自分に呟いた。

その二十三

「和久田総三郎氏、引かれい！」

対峙する和久田と転を、風の迅さで、四方から包んだ覆面の士のうちから、その声が、かけられた。

「おぬしら、何者だ！」

和久田は、睨めまわした。

「公儀の者とだけ心得られたい。その男の処置は、若年寄永井美作守殿の下知によって、われらにまかされい」

「公儀の者とだけでは、判らぬ。その職掌と姓名を問おう」

和久田は、余計な邪魔立てをされた、と憤っていた。

「和久田殿――」

転が、しずかな口調で、言った。

「問われても、名乗る筈はない。この面々は、そういう職務に就いている、とお考えになることだ」

「なに――？」

「てまえが、代って、お教えしてもよい」

転は、油断なく、神経をくばり乍ら、

「和久田殿は、公儀隠密が、三組に分れて居ることをご存じか。天の組、地の組、人の組、それぞれの組に、三十名ずつ配されて居る。この隠密たちに、姓名はない。親から与えられた姓名は、組に入れられると同時に、すてられる。天の一番、二番、地の三番、四番、人の五番、六番——という具合に呼ばれる。そして、天の一番が、狙った敵の刃で斃れた時、ただちに、新しい人物が、組に加えられて、その称号を与えられる。おわかりか」

そう告げた。

和久田にとって、これは、はじめて知らされる奇怪な仕組みであった。

「まことか?」

「この夢殿転が、曽ては、地の組の七番、という隠密であったとしたら、如何だ」

「……」

和久田は、息をのんだ。

「この面々は、おそらく、天の組に配されている手練(てだれ)者と存ずる。昨日の味方が、今日は敵となって、てまえを討ちとりに参った、という次第です」

「……」

「和久田殿、お手前がこの秘密を知らされた以上、たとえ、てまえに勝っても、この場を無事に立去ることは、叶わぬ。この面々が、お手前の生命を頂くことになろう」

「……」

「てまえが、この面々を一人のこらず斬ることは、まず不可能です。てまえは、このうちの一名のみをえらんで、斬って、遁れる！」

転は、全く同じ服装をしている六名の、黒い布で包んだ顔を、順々に見わたした。

「このうちに、てまえを地獄の底にとじこめる任務をはたした男がいる。そいつを斬る！」

凛乎として、そう言いはなった。

天の組の隠密たちは、転に言わせるだけ言わせた。これは、転を、確実に、あの世へ送る自信があるからに相違なかった。

いずれも、黙然として、定めた位置を、微動もせぬ。

転は、やおら、腰から、刀身を滑り出させた。

そして、ダラリと携げたままで、もう一度、隠密たちへ視線をまわした。

次の瞬間――。

転の五体が、大きく跳躍した。

刃光が、一閃した——その下で、和久田は、ぐらっと、首を傾けた。その頸根が、ばくっと真赤な裂け口を開くと、どくっと鮮血を噴かせた。

和久田は、本能的に、わななく片手で、その裂け口をおさえようとしたが、叶わず、

「……う、うっ！」

と、咽喉を鳴らすや、口腔いっぱいにあふれた血潮を、泡だて乍ら、吐いた。

転は、鈍い音をたてて、霜草の山へ崩れ落ちた和久田へは、もう目もくれず、衂れた白刃を下段にとって、

「お対手しよう、天の組の方々」

と、言いかけた。

それに応えて、六名は、すこしずつ位置を移した。

転を中点に置いて、二間の距離をもって、六個の黒影は、完全な円を描いた。

しかし、なお、一人も、刀を抜かなかった。

転は、敵の陣形を見て、古流居合の手を使うな、と見てとり、一斉に、同じ動作をしめすのを待ちうけた。

鞘の刳形（くりがた）へ左手をかけて、鞘ぐるみ、刀を腰から抜き、恰度、柄頭を、自身の目の高さまで延ばす。これが、古流居合の構えであった。

転は、六名が、その構えをとって、間隔を詰めて来るものと、予測していたのである。

来なかった。

円を描いたなり、再び、石と化したごとく、微動だにしなくなったのである。

——はてな？

転は、疑惑を湧かせた。

——なんの意外の手を使おうというのか？

これは、こちらから誘ってみるよりほかはない、とさとった。

転は、突如、右足をふみ出して、白刃を中段に移した。

一瞬、六名の姿勢が、さっと変化した。

左足を滑り出させるとともに、両手を左右に水平に挙げたかとみるや、左手を左から前、右手を右から後へ——その四肢を、転に向って、一線上に一致せしめたのである。

——うむ！

転は、肚裡で、戦慄の呻きをあげた。

——無雲流手裏剣術か！

死が、一瞬の後に来たことを、転は、思い知らされた。

無雲流手裏剣術は、上遠野(かどおの)伊豆によって編まれた秘術であった。

仙台藩の医師の女(むすめ)で、美貌と才華の噂高かった真葛女が文化年間に著した「奥州波奈志」という書の中に、上遠野伊豆について、次のように述べられている。

上遠野伊豆と言いし人、明和安永の頃つとめし人なり。禄八百石。武芸に達せし上、わけて、工夫の手裏剣の妙なりし。針を一本、中指のわきにはさみて、投げいだすに、その当り、心にたがわずという事なし。元来、この針の工夫は、敵に逢いし時、双眼をつぶしてかかれば、いかなる大敵にても、おそるるに足らず、と思いつきしことぞ。常に針を、両の鬢に、四本ずつ、八本かくし、さし置きしとぞ。（この世の頃までは、いまだ怕き敵も有りつらんによりて、斯くは思いよりつらん。今の世、人の弱きこと、たとえにとりがたし）先々の国主、お好みにて、伊豆に撃たせられしに、御杉戸の絵に、桜の下に駒の立ちたるかたちありしを、四つ足の爪を撃て、とありしかば、二度に打ちしが、すこしも、たがわざりしとぞ。芝御殿御類焼の前は、その跡、たしかにありし。

伊豆の、手裏剣は、一代きりにて、習う人なかりき。尤も人の習わんという事ありても、元来人に教えられしことならねば、何と伝うべきこともなし。ただ根気よく二本の針を手につけて、撃ちしに、おのずから得しわざなり、とこたえしとぞ。


この著述によれば、上遠野伊豆の秘術は、一代で絶えた筈である。

意外にも、秘術は、公儀隠密組の中に、伝えられていたのである。

しかし、これは、考えられることである。

上遠野伊豆の経歴をさぐれば、自ら解明する。

伊豆の祖先掃部（かもん）常秀は、元禄年間、伊達騒動の後を承けた四代伊達綱村に仕える大番頭であったが、少年の頃から、当時天下にその名をひびかせていた仙台藩の武術指南役松林蝙也斎永吉について、願立流の刀術および手裏剣術、居合を学んでいたが、その奥義を究めないうちに、師が歿したので、自ら工夫するところがあった。

しかし、その工夫に満足しないうちに、病を得たので、その子下野秀実に、目的を達するように遺言した。ところが、秀実もまた、長生できず、後嗣の広秀に、代ってその志をとげるように命じなければならなかった。

広秀すなわち、上遠野伊豆である。

広秀は、幼名を愛膳と称し、宝暦十二年八月、第六代伊達宗村に仕えて大番頭となり、明和二年第七代重村の時には、小老にすすみ、翌三年には、江戸留守居を命じられた。

伊豆が、父祖の禄を継いだ時は八百石であったが、後年三千石格に昇進しているところをみれば、武術に秀でているとともに、人格識見が卓抜した人物であったと知られる。

伊豆は、江戸留守居になってから、年に二度ほど、一月ばかり、藩邸から姿を消している事実がある。「公儀御用のため」と記されてあるのみで、何処へ行ったとも判らぬ。おそらく、伊豆は、この期間に、公儀隠密たちに、手裏剣の秘術を授けたに相違ない。

転が、天の組の面々の構えを見て、

——無雲流手裏剣術か！

と、さとったのは、それが、わが双眼を狙っているからであった。

その双の掌にかくされているのは、普通の手裏剣ではなく、あきらかに、針であった。

まさに――。

転は、全くの死地に立たされたのであった。

一本や二本を打ち落すのは、至難ではないであろう。しかし六本の針を、ことごとく払うのは、神魔に等しい技を備えていなければならぬ。

しかし転は、払い落さなければならなかった。

……やおら、腰を落した転は、ゆっくりと、一剣を、眼前二寸の空間に、水平にかざした。

その二十四

「うめえことを作りやがったのう、おとし噺、ってえやつは――」

職人ていの若い衆が、格子戸を開けるなり、大声でそう言い乍ら、上って来た。

深川の、仙台堀に沿うた通りにある小綺麗なしもたやで、あるじは、狂訓亭貞玉という軍談すなわち修羅場読みの講釈師であった。名人といわれていたが、気まぐれで、昼席に浄るり講談が流行(はや)るようになると、つむじを曲げて、滅多に高座へのぼらなくなり、近頃では、名を変えて、酒落本を書いて、くらしていた。

もとは武士で、気骨もあり、庶民の人気は高かった。気ままな独りぐらしなので、魚河岸の兄哥など、昼間はひまな手輩が遊びに来て、階下は集会所の観があった。

「なんでえ、安。そのおとし断ってえのは――？」

「むこう横丁のお内儀が、初湯に出かけたと、思いねえ」

「ふうん」

「八丈の変り縞に、金しもん、両国織の幅広をしめかけてよ、内股まで白粉をぬりかけてら。そいつが、そと八文字に歩きやがるから、たまらねえ。見ぬようにしても目に立つ緋縮緬、だあ」

「へん。脛（萩）と腿（桃）が、一緒に見えちゃ、気（季）が合わねえや」

この時、奥で、貞玉が、「えっへん」と咳ばらいした。

「女の脚布は穢物にて、人前へ出る物にあらず、男の褌ももちろん也。これを晴れとするは、角力取り計り也。さるを当節の女房ども、いかめしく緋縮緬を長くして、人前にひらめかす、尾籠言うばかりなし。……それから、お内儀さんが、白い内股を見せて、どうしたな、安さん？」

「うしろから、急いで来た丁稚が、ころんで、お内儀の裾をつかんだ。お内儀が、ふりかえって、どうおしだえと訊ねると、丁稚がこたえて、石につまずいてころびました。お内儀が、笑って、わたしゃまた、久米の仙人かと思った」

「そんなの、つまらねえ」

一人が、小鼻をうごめかした。

「おいらの知っているお内儀は、内股に白粉を塗るどころじゃねえや。途方もねえ淫乱で、緋縮緬をおっぴろげて、てめえの伜と抱きあって、寝てら。いいか、てめえの生んだ伜とだぞ」

「そいつは、ひでえ。亭主は、どうしたい？」

「亭主は、あいてが、伜だから、まあ、しかたがねえ、と見て見ぬふりよ」

「べらぼうめ、いくら伜だって……見て見ぬふりのできることと、できねえことがあらあ。いってえ、その伜ってえのは、いくつだ」

「二つだ」

このおり、また格子戸が開けられたが、こんどは、案内を乞う声がした。

障子のあいだから、何気なく覗いた若い衆が、ぎょっとなって、首をすくめた。

額から右眼を割って、耳もとまで、刀創のある凄い面相の男が、立っていたのである。

「どうした、勝。なにをびっくり仰天してやがる」

もう一人が、首をのばしてみて、これもまた、

「へっ、びっくり——どころか、ひっくり、だ。あとへ、けえる、がつかあ」

「なんでえ、おう——」

どやどやと立って来た若い衆たちへ、男は、腰を踞めて、

「師匠は、おいででござんしょうか?」

「いることはいるが……」

「師匠に、やくざと交際(つきあい)があったって——まだ、きかねえが」

「勘次郎が参った、とおつたえ下さいまし」

言いおわらぬうちに、貞玉が、姿を見せた。

「久しぶりだな。上んねえ」

微笑し乍ら、言った。

「凶状持ちじゃねえか？」

若い衆の一人が、ささやいた。

貞玉が、ふりかえって、

「三年前に、親の仇討ちをやってな。なにしろ、対手には十人の助勢があり、こっちは、わし一人が助太刀だ。獅子奮迅の働きは――見せたかったのう。爾来、剣戟にこりて、鞘走りより口走り――張扇の方へ転向した次第」

貞玉が、目で促すと、勘次郎は、

「連れが居りますんで」

「連れ？」

「へい。道行をやって居ります」

勘次郎は、ちらと、若い衆たちを見やった。貞玉は、すぐ頷いて、

「おけらたちは、そっちへ、引きさがってな。緋縮緬の話でもやっていな」

と、命じた。

　勘次郎が、おもてに待たせていた連れというのは、吹き流しの白手拭で顔をかくし、琴をかかえた大道芸人の装をした女であった。

　隙間からぬすみ見た若い衆が、

「あわれなる、吉凶禍福は世のならい、親の慈悲にてならいし琴を、路傍で調けとは、おぼえざらまし、ってえ風情だ」

　当時、琴曲を身につけているのは、武家の身分高い女子か、町家でも大店のむすめに限られていた。したがって、琴をかかえて、大道を流すのは、落魄した女と見て、まちがいはなかったのである。

「胸の破琴や古糸の、露命をつなぐ悲しみも、か」

「昨日の春の宮鶯、今日は鳴く音のうるむ声、と来た。……どうだ、氏素姓は、あらそえねえおかんばせか？」

「おっ！　おっ！　おっ！」

「とんちきな声を出すねえ。どうしたい？」

「あらそえねえ、どころじゃねえや、あらそえなさすぎらあ。小野小町の再来だな」

　若い衆の目を瞠らせる、臈たけた美貌が、手拭の下から、あらわれたのであった。

清姫にまぎれもなかった。

その二十五

朝陽が、斜めに射しそめて、なお——。

一剣を眼前二寸の空間に水平にかざした者も、それを包んで、完全な円を描いた者も、霜土の上に、長い影法師を匐わせたまま、絵に入ったように、微動もせぬ。

殺気すらも消えて、生き身は、真空の中に在るの観があった。

これは、転の気息が、真空を擾（みだ）すほんの微かなそよぎをもしめすまで、なお、幾分間か、固着状態がつづくに相違なかった。

転の心身が、みじんの隙なく緊張し、そして、それが無想無念の境地に置かれている限り、包囲陣は、その針を放さないのであった。

針は、一瞬裡に、全員の手から、放たなければ、ならなかった。各個ばらばらに、転の双眼を狙い撃てば、そこに、転に、円陣の外へ突破する隙を与えることは必定である。

糸をひいたごとく、しかも、つづけさまに、撃ちつけてこそ、そのうちの数本が、転を盲目とする確率がある。

転の双眼が、刀身でかくされ、それが不動の鋭気でまもられている以上、攻撃の手もまた、おそろしい忍耐力をもって、構えのままに、空間に停止していなければならなかった。

いわば、この光景をいかに変化せしめるかは、転の動きひとつに、かかっていた。ということは、転の充実した闘志が、どれくらいの時間、心身を、一体分身八方散乱の秘術をひそめて、木のごとく石のごとく、それなりの静止相を保たしめていられるか――それが、問題であった。

包囲陣は、転が、凄じいまでの反撥力を、その一剣にたくわえ、用意していることを知っていた。

衆をたのむ心の余裕は、かえって、とりかえしのつかぬ失敗を呼ぶ危険があったし、突破路を全くふさがれた孤身の働きがいかに猛然たるものかも、判りすぎていた。

まさに――その静止相が、ひとたびすてられたならば、転の働きは、一馬の奔る、一毛として動かざるなし、の目ざましさをしめすであろう。

……対峙は、つづく。

さらに、数分が過ぎた。

突如——静寂は、破られた。

転によってではなかった。

馬場をめぐる土手のむこうに、どっと、鯨波があがったかと思うや、地震のように、大地をゆすって、数百とかぞえられる人影が、土手を躍り越えて来たのである。

古手拭で盗っ人かぶりをしている者。襤褸にひとしい布子を尻からげしている者、素裸で、赤い犢鼻褌に、山刀をぶち込んでいる者、頭髪も髯も、もう幾年もはえ放題にまかせている者。それぞれに、天秤棒や匕首や折れ弓や鉈や鍬をひっ摑んで、土手に、ずらりと並んだ光景は、壮観といえた。

一瞥して、これは、浅草の非人小屋からとび出して来た群であった。

土手上に並び立つやいなや、一斉に、

「う、わあっ」

と、声を限りに喚いて、それぞれの得物を、頭上にふりかざした。これは、蔭に指揮をとる者がいる証拠であった。

隠密団に対する、思いがけぬこの威嚇は、転にとって、まさに、天のめぐみであった。

霜士を蹴って、跳ぶかとみせて、ぱっと、身を沈めた。六本の針が、頭上を掠めた。次の刹那、猛然と立って、一方へ奔(はし)りつつ、眼前にかざした刀身へ二本、耳朶へ一本、肩へ一本、第二撃の針をあびた。

転がおのれへ向って来ると知った一人が、あわてず、数尺後退して、抜刀したが、それは転の目算にはまった。

転は、それを撃つとみせて、風の迅さで身を翻すや、右方へ驀進した。

抜き合せるいとまを与えず、

「貴様かっ！」

一喝のもとに、脳天から、まっ二つに斬り下げた。

血飛沫を明け空に撒いて、虚空を摑むその敵こそ、策略をもって転を生捕り、浜御殿内の地下牢へとじこめる任務をつとめた男であった。

それから、いくばくかの後、転の姿は、小石川金杉水道町の通りにならんだ寺院のひとつ——真珠院の山門を、何事もなげな足どりで、くぐっていた。

一人だけ、そっと追って来ていた者が、そこで、跫音を、転の耳につたえた。

転は、ふりかえって、黙兵衛の姿をみとめたが、べつに表情を動かさず、

「非人を使嗾してくれたのは、忝けなかった」

と、礼をのべた。

馬場の土手上で、非人の列が、鯨波をあげるのを眺めて、転は、咄嗟に、

——黙兵衛のしわざだな。

と、さとったのである。

黙兵衛は——黙兵衛もまた、もったりとした面持で、ぼそぼそと言った。

「せっかく自由をとりもどされたおからだでございます。大事になされませい」

「そうであったな」

転は、境内に入って行き乍ら、

「あの少年を、屋敷へ送り届けてくれたか？」

と訊ねた。

「はい。お屋敷は、御不幸のご様子でございましたな」

「うむ。清廉をもってきこえた人物のようであったが、一徹をつらぬくことは、この濁世には、むつかしかった」

転は、暗然として、呟いた。

それきり、沈黙をまもって、境内を横切って方丈へまわった。

烈しい叫びが、きこえたのは、その時であった。

「転様。てまえが、見て参じます」

黙兵衛が、駆け出そうとするのと、方丈の縁側へ、納所が血相をかえてとび出して来るのが、殆ど同時だった。

「お住持様がっ……」

譫言(うわごと)のように、そう言いかけて、へたへたと、坐り込んでしまった。

――殺されたな！

転は、胸の中へ、重たい冷たい鉛の塊でも落されるように、そう直感した。

実は、転は、昨夜、信照尼を預けて無風亭を出た足で、まっすぐに、この寺をおとずれて夜明けまでのひとときをすごしていた。

何者かが、尾いて来ていたのである。それに気がつかなかったのは、不覚であった。

転は、住職に、二階堂靱負に代って、和久田総三郎と果し合いをすることを告げ、勝てば、戻って来る約束をしておいたのである。

住職は、転が尊敬し、対坐して心のやわらぎを得る唯一の人であった。

転は、「大奥帖」を、この住職に預けておいたのである。

その二十六

「さて――」

狂訓亭貞玉は、天井を仰いで、頤(あご)を撫でた。

勘次郎と清姫を、この二階の一室にあげて、なんとも世間の常識には通じない話をきかされて、驚愕するとともに、当惑して、日頃の軽妙な口が封じられてしまったかたちであった。

「さて、と――木の葉が沈んで、石が浮かぶ浮世とも相成れば、かな」

「……」

勘次郎は、片目を光らせて、貞玉を見戍(みまも)っている。

さしあたり、清姫をかくまってもらえるところは、この家のほかに思いあたらないのである。どうでも、貞玉に、承諾してもらわなければならない。

清姫は、俯向いて、身じろぎもしない。

「夫子（ふうし）自ら道（い）う——仁者は憂えず、知者は惑わず、勇者は懼れず。あいにく、この講釈師は、仁者にあらず、知者でなく、勇者にもなれんでな」

「師匠！」

「勘さん、弱ったな」

「おねげえ申します」

勘次郎は、畳へ両手をついて、頭を下げた。

貞玉は、ちらと清姫を見やった。

「吉原（なか）の花魁（おいらん）を足抜きさせるのとは、ちとわけがちがってな。……うっかりすると、首がとぶ」

「そこをなんとか、師匠、俠気を出しておくんなさい」

「俠気な、俠気——。もともと、博覧強記で、講釈師になったんだが——。どだい、お前さんが、公方様のお姫様をつれ出すなんざ、これが、狂気の沙汰だ。こっちは、同じ、きょうきでも、驚悸――おどろき、びっくり、の方だ」

「どうしても、ことわると仰言るんで――？」

　勘次郎の面相が、険しいものになった。

「おっと、短気は止しな。断わるとは言ってやしねえ。弱ったわい、と思案している最中だ」

「……」

「こう臈たけていなさっちゃ、田舎から、隠し子をひきとったとは言われまい、とんびが鷹――どころか孔雀を生んだ、とごまかすにしても、ちったァどこか似かよっていなけりゃな。といって、花魁を身請けした、と言える柄でもなし、だ」

「どこかのお嬢様をお預りしたというわけにはいきませんか？」

「物見高いが江戸の常、弥次馬がたからあな、弥次馬が――。げんに、それ、階段を、そうっと匐いのぼって来て、覗いている奴がいる」

　貞玉は、立って、障子をひき開けると、

「どいつだ、泥棒猫に化けやがった野郎は！」

　と、呶鳴りつけた。

とたんに、だだだっと階段を駆け降りる音がした。

貞玉は、座にもどると、

「きいたかな、勘さん」

「わかりました」

「どうわかった」

「ほかに、隠れ家を捜しまさ。今日いちにちだけ、おねげえいたします」

「うむ」

貞玉は、清姫にむかって、

「申しわけございませぬ。なにぶんにも、人目の多い家でございますので、おゆるし下さいまし。この老いぼれの生命が、決っして惜しいわけではございませぬ。……お姫様が、一夜だけ、ここにお泊り下さいましても、もう明日は、町内の評判になって居ります。口さがない、無責任な手輩ばかりが、あつまっている町でございます」

「迷惑をかけて、すみませぬ」

清姫の澄んだ眸子を受けて、貞玉は、ひそかに、身ぶるいした。

――梨花一枝、春雨を帯ぶ。……はらはらと来たら、成程、紅涙って、温庭筠(おんていきん)め、うまい形容をしやがった。この首ひとつぐらい、とんでも、なんとか、かくまいたくなるんだが……。

黄昏が来て、さまざまの音が、潮騒のようにひびくのを、遠いものにきき乍ら、清姫は、ひっそりと、坐っていた。

はたして、夢殿転にめぐり会えるかどうか――。祈りにも似たねがいを胸に抱いて、松平邸からぬけ出て来た清姫であったが、いつか、そのねがいは、実現の可能から見放されたものになっているようであった。

転とじぶんを、むすびつけたそもそもの動機が、異常であったことが、いまさらに、顧みられるのであった。

三年前の早春――。

清姫は、将軍家が捕獲した拳の鶴を、天子へ献上するにあたり、将軍家代理として天機伺いをすることになって、その行列に加わった。

将軍家が、天子に鶴を献上するならわしは、かなりむかしから、おこなわれていた。

拳の鶴、というのは、将軍自身の拳に据えた鷹を以って捕獲した鶴を称す。毎年、冬の狩猟季節になると、将軍家は、寒中天機伺いに献上する鶴を捕獲するために、鷹部屋に飼育する鷹の中から、逸物を選抜して、鷹匠に携えさせて、近郊各方面に狩猟するのであった。

将軍家は、拳の鶴を捕獲するまでは、殆ど毎日出猟した。その猟場も、一定せずして、あるいは、再び前日の場所に至り、あるいは、他の方面をえらび、終日、野原を歩きまわり、田畑を踏み渡り、便宜の所（予定の御膳所）で昼食をとるほかは、小休止さえもしなかった。

猟場には、鷹匠と小姓二名しか入ることをゆるされていなかったので、将軍家は、自分で、用を足さざるを得なかった。

ある時は、低空を翔ける鶴を仰いで、その距離を目算し、また、ある時は、田に降り立った鶴に対する適宜の立場をとるために、叢の中を潜行することもあった。鶴を認めて奔走する際、滑って転んで、泥まみれになることも珍しくなかった。猟師と雖も、鶴をとらえることは、至難のわざであるのを、素人の将軍が、追いかけまわすのであったから、大変であった。

幾日も、空にも地上にも、鶴の姿を見ずに、むなしく宿所へひきあげることもあった。ようやく、発見して、適宜立場をえらび、まず、おのが拳の鷹に、鶴を覘う気合を張らせておいて、満身の力を拳にこめて、ぱっと放つのだが、これが必ずしも、成功するとは限らず、鷹が逸れて、鶴は遠く雲外に遁れることも屢々あった。

鷹が、空中に、鶴をつかんで、ひとつになって、地上に落ちて、烈しく闘うあいだに、将軍は、鷹匠とともに、その場所へ、夢中で疾駆しなければならぬ。ほんの数秒の差で、鶴に逃げ去られることもあった。

こうして捕えた拳の鶴は、まことに、貴重な献上物であった。

その年、献上する鶴は、鷹の爪傷も蒙らず、みごとな逸物であった。

これが、京都にとどけられるや、所司代が武家伝奏を経て、この旨を奏聞して、天子へさし出し、宮廷では、盛大な鶴料理の式が催されることになるのであった。

清姫は、その儀式に参列して、親王家摂家に紹介され、しばらく、宮廷作法を学ぶ予定であった。

この献上鶴行列の蔭の護衛役が、夢殿転であった。隠密であるから、行列には加わらず、変装して、その前になり、後になり、ひそかに、見戍って行ったのである。

転が、不吉な予感をおぼえたのは、池鯉鮒を過ぎた頃であった。といって、行列につきまとう怪しい影をみとめたわけでもなく、行列内になんの変化が起った次第でもなかった。

忍び者独特の鋭い感覚が働いた、といえる。といって、どう警戒しなければならぬ、と神経をくばる気配があったのではないから、それまで通りの行動をとっているよりほかはなかった。

行列が、宮（熱田）に着き、伊勢の桑名へ船渡りすべきか、それとも名古屋へ出て、中仙道を上るか、評議されている最中に、不幸が起った。

拳の鶴が、死んだのである。

その二十七

その夜のうちに、献上奉行は、責を負って、切腹して果てた。

しかし、このたびは、奉行は副使であり、正使は、清姫であった。

拳の鶴を死なせた以上、清姫は、再び帰府することは、叶わなかった。考えられるのは、京の比丘尼御所のいずれかに入って、落飾することであった。

清姫は、しかし、尼になることは、いやだった。というのも、浮世と隔絶された比丘尼御所という世界が、いかに陰湿な残忍性をひそめて、あたらしく入って来た者に、じわじわと身の毛もよだつような虐待をくわえるか、かねて、ききおよんでいたからである。

それが、一年とか三年とか、期間が限られているのなら、希望を失わずに、堪えられもしよう。永久にとじこめられてしまう、と思うと、思うだけで、悪寒に襲われ、気が遠くなりそうだった。

——いっそ、わたくしも、死んでしまおうか。

思わず、その衝動に駆られて、そっと、懐剣を抜きはなってみた。

その時、影のごとくに、二の間から、一人の武士が、あらわれて、

「自ら花を散らされるのは、軽はずみのお振舞いかと存じます」

冷静に、とどめた。

先刻から、ひそかに、二の間の襖の蔭に、身をひそめて、清姫の様子を見戍（みまも）っていたのである。

「何者じゃ？」

清姫は、あわてて、白刃を胸におさめて、問うた。

「公儀庭番、地の組七番にございます。このたびの御行列をかげ乍らおまもりいたす役目を仰せつけられて居ります」

「鶴が死んだことに、なにか、疑念はありませぬか？」

「毒殺と存じます」

転は、はっきりとこたえた。

「何者のしわざか、わかりませぬか？」

「それがしの朋輩——たぶん、天の組の者のしわざかと推察されます」

「公儀の隠密が、何故に、鶴を殺しました」

これは、清姫にとって、信じられぬことだった。

拳の鶴を殺すことは、とりもなおさず、将軍家に対する反逆であった。公儀隠密は、将軍家をまもるために組織されている一統である。将軍家に反逆するがごとき行為におよぶ筈がない。

「それがしにも、その理由は判りかねます。しかし、それがしが、ひそかにしらべたところによりますれば、鶴を毒殺したのは明白であり、その毒殺手段は、公儀庭番、天の組の者独特のもの、と見とどけました」

数年前、さる西国の大名が、毒殺された事件があった。これは幕閣の決議によって、公儀庭番がなしたわざであった。

命じられたのは、天の組の或者であったが、その者を監視する役目を、転が命じられていたのである。

隠密の行動を、仲間の隠密が監視する。さらに、その監視する隠密を、また見はる隠密もいるかも知れない。まことに陰惨な運命のもとに、いかなる驚異の功績をたてようとも、ついに永久に陽の目を見ず、任務の中道で斃れれば、それなり、肉親たちにも報されることなく、忘れすてられるのが、隠密という存在であった。

転は、その者が、首尾よく大名を毒殺するにいたる終始を、見とどけて来たのである。

このたびの拳の鶴毒殺の形迹は、その巧妙きわまる手段によっている、と転は、看破したのであった。

「そなたの判断に、あやまりはありませぬか」

清姫は、念を押した。

「それがしの頭脳が、狂って居りませぬ限りは――」

転は、こたえた。

「それでは……公儀の隠密のしわざのために、わたくしは、責を負いたくはありませぬ」

「御意――」

「わたくしは、尼になど、なるのは、死んでもいやです！」

烈しく、そう言う清姫を、じっと瞶めていた転は、一瞬、はっとひとつの直感を、脳裡に、閃かせたのであった。

――あるいは、この姫君を、京の比丘尼御所へ送り込もうというこんたんから、鶴を毒殺したのではないか？

その理由は、判らぬ乍ら、自身の直感が正しいという自信が、転の胸で動かぬものとなった。

この時、転は、おのが任務から逸脱する自己の自由意志を湧かせた。

天の組の者が、自分の警護の目を掠めて、みごとに、鶴を毒殺して、ひそかな快哉を叫んだのであれば、

——よし、それなら、おれは、姫君を、断じて、尼にはせぬぞ！

その決意を持ったのである。

千浜の鳥居の西方にあたる、西浜屋敷と称される尾張藩の接待屋敷から、転が、清姫を、つれ出すことに成功したのは、その夜、強い風雨が来たからであった。

転は、清姫の希望によって、熱田神宮の宮司に、身をかくまってもらうべく、その繊手をつかんで狂う闇を衝いて、奔った。

無事で、そこまで行き着けるものとは、もとより、思ってはいなかった。

はたして、樹齢数百年を閲する森につつまれた境内で、突如の襲撃に遭った。

まず、並みの人間とは、全く異なった磨ぎすました感覚が、

——来るな！

と、さとった刹那——。

びゅん！

びゅん！

左右の樹蔭から、風雨を截って、鋭く弦音が、鳴った。

同時に、転は、抜き放った剣に、その弦音に合せる刃唸りを生ぜしめた。

二矢は、折れて、はね飛んだ。

「伏せて！」

転は、清姫に命じておいて、刀をだらりと携げたなり、二間を、ゆっくりと歩いた。

それから、凛と声を張って、

「同類相食(は)むのだ。勝負は、いさぎよいものと致したい！」

そう告げた。

次の瞬間、中空を裂いた稲妻が、転にむかって迫る三個の黒影を、鮮やかに、地上に浮きあげた。

いずれもが、地摺りの構えをとって歩を進めて来ている。

「……ふむ！」

転は、自分の直感があやまたなかったのを知って、微笑した。

やはり、鶴を毒殺したのは、天の組の者たちであった。すなわち、この三名の隠密であった。

地摺りの構えで、闇を進んで来るのは、隠密独特の戦法であった。柳生流の極意「月陰」から採ったものである。

「月陰」とは――。

日月陰陽のうち、月と陰をえらんだ極意の剣法を謂う。

月は形があって、闇夜を照らし、陰は形なくして闇そのもの。そして、月の光があってこそ、陰を見得る。たとえば、闇夜にたたかう時、敵の形も見えず、わが影も見えぬ。しからば、何をもって、対手とするか。敵も、おのれも、昏いところに、物を尋ねるごとく、太刀を振って、地を払ってみる。その探る太刀の光を敵味方ともに目当てとして、たたかうことになる。

当然、構えは、地摺り下段となって、敵から、こちらの向脛を見込んで、打込んで来るや、その太刀の光にあわせて、わが太刀の光を映しかえす間髪の迅業を、つづけさまに使う。

これは「月陰」と謂い、これは、「山陰」という極意に転化する。陰陽表裏であり、敵の変化に対する自在の動きを、謂う。さらに、「山陰」は、烈風が海上を吹きまくって、波をさかまき立てるにたとえた「浦波」という秘術に移るのである。

この柳生流秘剣に対して、転の剣は、一刀流であった。

その二十八

一刀流の秘法は、十本の「法形」によって組まれている。

表は、電光、明車、内流れ、浮身、払捨。

裏は、妙剣、絶妙剣、真剣、金翅鳥王剣、独妙剣。

これは、野太刀の殺法から生れたものであり、自らの五体を進んで、敵陣の刃圏内に容れることによって、十本の法形を自由自在にふるう。

八方散乱、という。

八方とは、四角四隅。（隅とは「内すみ」角とは「外すみ」のこと）その四角四隅に、間髪を容れぬ迅さで身を抜け、転化すれば、いかに敵が大勢であろうとも、その全員を対手と思う必要はなく、敵はただ一人と心得ればいい。

そこに、十本の法形を使い、乱曲、風楊、分身の凄じい変化を発揮する一刀流の面目がある。

柳生流とは、全く異なる剣法であった。

この時——。

転が、咄嗟に、一刀流の秘法をぞんぶんにふるうには、自ら双眼を閉ざすのが、利であるとさとったのは、賢明であった。

風雨の狂う闇中にあって、柳生流「月陰」を対手としてたたかうには、いっそ、敵刃の光など、見ようとしない方が、神速の業に狂いを生ぜしめない、といえた。

「参る！」

転は、そう言いはなつや、一剣を天に直立させて、陰の構えをとった。

そして、飛沫をあげる地上を、しずかに、歩みはじめた。

敵方は、稲妻が閃くたびに、転の姿勢が、すこしずつ、変ってゆくのを目撃しなければならなかった。

すなわち——。

一歩と一歩の継ぎに、なんの澱みもみせず、滑り出て来乍ら、転は、その刀身を、徐々に、真横へむかって、倒しているのであった。

のみならず、その双眼は、かたくふさがれているのであった。

しぜん——敵方は、その位置を動かずして、転を刃圏内に容れることに、ふと、疑惑を抱かぬわけにはいかなかった。転に、思いがけぬ、魔にも似た迅技(はやわざ)が用意されているのではないか、と思われたからである。

たしかに、その盲目の前進には、鬼気せまる剣気が、風雨を撥ねて、焔のようにゆらめき立っていたのである。

いかんせん、「月陰」の構えには、退却はなく、もし、それを為そうとすれば、完全なる呼吸の一致をもって、三名が同時に、跳んで退かなければならなかった。

それを為すには、もはや、転との間合が詰まりすぎていた。

三名の隠密は、ついにその位置を動かなかった。

……一瞬。

天地をつんざく雷鳴が轟いた。

稲妻が、地上を白昼と化してから、一秒の間があった。

煌(こう)として照らされたそこに、三名の隠密は、いずれも、よろめいていた。

転は、その中央の位置を占めて、一瞬裡に三体の血を吸った白刃を、もとの陰の構えにもどして、凝然として直立していた。

転が、清姫を、宮司の許へともなわず、境内を去って、野へ出たのは、万が一の要心のためであった。

風雨に打たれて、ぐったりとなった清姫を、かつぎ入れたのは、とあるかなりな構えの百姓家であった。

着物を借りて、きかえさせたが、からだの芯そこから冷えた深窓育ちの柔肌は、容易に、ぬくもりをとりもどさなかった。

烈しい悪寒をつづけるさまに、転は、思いきって、そのからだを、双腕に抱きとった。ひとつ牀の中で、朝を迎えた時、男女は、すでに、他人ではなかった。

いま——。

市井の中へのがれ出て、見知らぬ町人の家の二階に坐って、清姫は、三年前の、あの夜のことを、思い浮かべている。

男の逞しい胸に、顔をうずめているうち、四肢に、徐々に、温味がよみがえって来るとともに、この異常な状態に、いつか、微かなよろこびをおぼえていたのである。

そして——。

男の片手が、鼓動をしらべるために、胸をまさぐって、乳房にふれた刹那、全身に走る名状しがたい快感で、思わず、小さな叫びを洩らしたことだった。

男の手は、そのまま乳房からはなれなかった。

……下肢を、そろそろと拡げられた時のあの不安と期待は、昨日のことのように、まざまざと、からだのうちに甦って来るのだ。

「……」

清姫は、声なく、ふかい溜息をついた。

「お姫様」

階段上の踊り場から、貞玉の声が、かけられた。

清姫は、われにかえって、居ずまいをあらためた。

入って来た貞玉は、微笑し乍ら、

「どうも、その——汎く衆を愛して、仁に親づく、とは論語にございますが、生れ育ちがいやしいと、つい、わが身を可愛がりたくなって、臆病風に吹かれまする。面目次第もございませぬ」

「いえ、わたくしの方のたのみが、無法ゆえ——」

「いえいえ、とんでもございませぬ。……実は、勘次郎めが、出て行きがけに、妙なことをすてぜりふにいたしましたのが、少々気になりましてな……」

「……？」

「勘次郎のやつ、こう申しましたな。師匠、お前さんは、女に惚れられたことがあるまい。女が、清水の舞台から飛び降りる決心をするのは、せかれてつのる恋心のほかに、何がある、と。……それは、駄講釈師と雖も、万葉集ぐらい、ひもといて居ります。後れ居る恋は苦しも朝狩の、君が弓にもならましもの、とか、君なくば、何ぞ身粧わん匣なる、黄楊の小櫛も取らんとも思わず、とか——これで、粋の道すじぐらい心得て居るつもりでございますが、さて——お姫様の、お胸のうちの一端を、お洩らし下されば、手方の肚のうちも、きまろうかと存じましてな」

　清姫は、しばらく、俯向いて、こたえなかった。

　やがて、顔をあげた時、眸子には、はっきりと意志のある光を湛えていた。

「わたくしは、夢殿転と申す浪人にめぐり会いたくて、松平の屋敷を抜け出て参りました」

「成程——」

　貞玉は、頷いた。

「わたくしのこれからの生涯は、転どのの心ひとつできまる筈です」

「お引受け仕ります！」

貞玉は、大声で、言った。

「そのことを、まずはじめに、おきかせ頂ければ、なんの、狂訓亭貞玉の生命のふたつや三つ、舎利にしてでも、お姫様のおん身柄は、お引受けいたしたのでございます。……有難う存じました。貞玉、ここは一番、男に相成りまする。ご安心なさいませ」

そう言って、平伏してみせた。

水の章

その一

江戸の絵本に謂う。

元日は、武家は、歳首の式法を正し、神社は、この月の古式を挙行し、寺院また名院の旧儀を納むるより、天亮ごろより、皆その事にかかるも、繁雑劇忙にわたることなく、上下共に、心ゆたかに、その勤めを務む。民間は、東雲告ぐるまでの繁雑ようやく終る。明けの鶏いっせいに、旧をのぞき、万戸さらにあらたまる。若水を汲みあげるを、今年の事始めとなす。

左様――。

江戸の春は、まず、からからと鳴る釣瓶の音で、新しい朝を迎えることになる。

つい先刻まで、獅子舞いの遠音、神楽厄払いの声を交える雑音がひびいていたのが、嘘のように、いっさい絶えて、静寂は深い。どの通りも、ひっそりと空虚になっていた。あわただしく、弓張提灯を携えて行き交うていた人々も、それぞれの禍福吉凶に応じて、なすべきことをなして、時刻とともに、わが家に引きとって、しずかに、元日を迎えようとしている。

もうそろそろ、一番鶏が、時をつく頃合である。

隠者の風雅なすまいの裏手で、小さな物音がした。

置石を鳴らして、暁闇の中に、ひとつの人影が、あらわれた。

庭さきの、百日紅の下にある井戸へ近づいて、釣瓶の棕櫚縄(しゅろなわ)をたぐる腕が、仄かに白く、美しい。

雑木の林にかこまれているので、近隣からの物音は、昼間でも遠いすまいであり、ひそかにたてる水音が、意外に高く、ひびいた。

若水を汲みおえると、東へむかって両手を合せる。

無心に祈るひとときがあってから、その貌を、しろじろと浮きあげる明るさがさして来た。

信照尼——いまは、もとの千枝にかえった美しい貌であった。

きれいに、髪が結いあげられ、もはや、比丘尼のおもかげはどこにもなく、ういういしい武家娘が、ここに在った。

昨夜おそく、無風亭の妻女が、まだのびそろわぬ髪へ、髱を添えて、苦心して結いあげてくれたのである。

「ほんに……夢のように、美しゅうおなりだこと、夢殿転殿は、どこにござるのやら――せめて、松の内に、おいでなされば……」

妻女の言葉が、千枝の胸にしみたことだった。

妻女も、すでに、起き出て来て、台所にいた。

千枝がもどると、笑って、

「ほれ……年寄の気ぜわしい催促が、きこえます」

離れから、朗々たる祝いの謡曲が、きこえて来ていた。

座敷に屠蘇の用意ができた。

入って来た無風亭主人は、麻裃、熨斗目小袖に威儀を正し、千枝を、はっとさせる立派さであった。

妻女と千枝が、手をそろえて、畳につかえ、

「おめでとう存じまする」

と、挨拶すると、

「常磐なす、斯くしもがもと思えども、世の事なれば止(とど)みかねつも——ははは、須賀、いつまでも若さを忘れまいと、大いに自然の理に叶うて、のびのびとくらして居るつもりであったが、如何せん、花咲いたばかりのこの美しさを、そなたのかたわらに置いて、比べてはのう、歳月には抗すべくもない」

「ほほほほ。そのように、お照れなさらずともよろしゅうございます」

「女色は、世間の枷櫟(かそう)なり、凡夫恋著して、自ら抜く能わず、とお経にもあるでな。千枝女の美しさに、この爺(じじい)が、つい、ふらふらと相成っても、やむを得まい、いや、めでたいめでたい」

三人は、当年の恵方を拝し、屠蘇の盃を口にした。

千枝は、柳の枝を白紙に包んだ雑煮箸をとりあげた時、遠い日、父母と弟と四人で祝った元旦を思い浮かべて、そっと泪ぐんだ。

その二

武家ならば、裏門をひらき、玄関には、禄高と格式に応じて、麻裃を着した士が、ずらりと居並ぶ。町家ならば、店の正面に、いともみごとに作った屏風をたて、その前に緋毛氈を敷いて大鏡餅を据える。番頭、丁稚らが、左右に詰め合う。

年始の受けが、それだった。

しかし、この隠宅には、これまで、絶えて、年始の客がおとずれたためしがなかったので、竹の門扉は、かたくとざされたままであった。

ところが、思いがけなくも、潜り戸を押して、入って来た客が、ただ一人あった。

松平中務少輔直元の江戸家老大久保房之進であった。

無風亭主人とは、三十年来の知己であった。

茶室で対坐すると、房之進は、主人を、じっと見据えて、

「日月逝く、歳我と与（とも）ならず、かな」

と、言った。

主人は、にやりとして、

「昨日といい、今日と暮してあすか川、ながれて早き月日なりけり」

と、応えてみせた。

「いや、お互いに、春秋高し、と申せば、きこえはよいが、馬齢を重ねて、一向に面白い目にも会わぬな」

「それは、お許の方の言い草であろう。わしはべつに、生きて居ることが、つまらなくはないぞ」

主人は、すこし皮肉な語気で、言いかえした。

「さては、世捨人とみせかけて、蔭で、何やらたくらんでいるのかな。おぬし程の器量人が、このまま、落葉に埋もれて、朽ちはてるとは、考えては居らぬぞ」

「むかしから、気の短い男だ。……そうではない。先が短くなると、一日一日をむだにすてまいと心掛ける。一葉の枯葉にも惻隠の心を寄せ、一掬の水に、生命の源泉を味わう――とまあ、ちと大袈裟に申せば、そういうくらしぶりよ」

「申すな！　この前、出会うた時には、未だ生を知らず、焉んぞ死を知らん、生命は充実して、毎夜、妻を抱いて寝て居る、とうそぶいて居ったではないか」

「はっはっは……左様であったな」

「そらとぼけるのも、ほどほどにせい。……おい闇斎、おぬしに、いまだ、駿足長阪を思うの志がない、とは言わせぬぞ」

「と、いまだに、わしを買いかぶっているのは、お許だけだ。孤掌は鳴らし難し。いいかげんに見すててくれい」

「いや、見すてぬ。……この大久保房之進が、年始に参ったからには、おぬしに、腰を上げさせずにはおかぬ」

「どうしろ、と申す？」

闇斎と呼ばれた主人は、おだやかな面持を崩さぬ程度に、微かな緊張の色を目もとに刷いた。

そこへ、千枝が屠蘇と、田作(ごまめ)、数の子、座禅豆の三重を持って入って来た。

作法を終えてひきさがって行く千枝を、房之進は、訝しげに見送って、

「闇斎、おぬし、いつから、あのような美しい娘を養女にした？」

「預りものだ」

主人は、あっさりこたえた。

「ただの預りものとも思われぬ。憂いの色がある娘だ」

「余計な穿鑿（せんさく）は止めてもらおう。それより、お許の用向きをきこうか」

「実は――」

房之進は、旧友を鋭く凝視して、

「清姫様が、屋敷より失踪された。すでに三月に相成る」

「ほう――」

「それがし、生涯における最大の困惑だ」

「公儀へは――？」

「まだ、きこえて居らぬ筈だ」

家中一統の口を封じて、他に聞えさせていないのは、房之進の才腕と、いえた。

「失踪の原因は？」

「とぼけるな！」

房之進は、語気きびしく、言った。

「とぼけては居らぬが……」

「おぬしに、清姫様に関する秘密を、知らぬとは、言わせぬ。三年前、天子献上の拳の鶴を、尾張の西浜屋敷において、毒殺したのは、おぬしの指令による隠密のしわざではなかったか。その時、姫様をつれて、逃亡した警衛方の庭番がいた。此奴は、後に捕えられて、若年寄永井美作守の手で、何処かへ、監禁された模様であったが、その経緯も、おぬしは、くわしい筈だ」

「……」

「闇斎、その庭番めが、檻を破って、脱出し、姫様に、会いに、屋敷へ、押入って参った。夢殿転、と堂々と名のりをあげてだ」

「……」

主人は、猶も、黙して、何ともこたえようとせぬ。

主人は、転が、十六夜十兵衛と闘っているのを目撃した時、すでに、その素姓を知ったのである。知って、この家へともない、あのような見せるべからざる夫婦の営みを見せつけたのであった。

「闇斎、夢殿転を捕える力をもっているのは、おぬし以外には居らぬ」

「……」

「いかがだ？」

「さあ……」

闇斎は、笑った。

「たのむ！　夢殿転を捕えて、清姫様をとりもどしてくれい」

「夢殿転が、姫君を拉致した、ときめてしまうのは早計ではないかな？」

「ほかに、誰人が、屋敷からつれ出せる？　夢殿転以外に、考えられぬ」

「どうであろうか？　われわれの知らぬ人物が、横あいから登場することも考えられよう」

「いいや、そのようなことは考えられぬ。夢殿転は、いったん引上げるとみせかけて、隙をうかがって、姫君を奪い去ったに相違ない。……殿は、家督を、直正様におゆずりなされて、市井に降りて浪人となってでも、姫様の行方をつきとめて、斬る、と日夜言いつづけて居られる」

「ほほう……それは、執念だな」

「それがしがおそれているのは、すでに、公儀の隠密が、このことを、かぎつけて、永井美作守に報せているのではなかろうか、ということだ。美作守のことだ、胸に納めて、滅多に口外はいたすまいが、それだけに、肚裡で何を考えるか、おそろしい。必ず、姫様を亡きものにして、松平家をとりつぶす企てを抱くのではないか。……美作守が、当家をとりつぶしたい理由は、充分にあるのだ！」

房之進は、異様に落ち窪んだ眼窩の底に、追いつめられた者の狂的な光を宿した。

その三

さて――。

正月元日に、稼業をなして、銭儲けをするものは、凧を商う店だけである。

陽がさしそめた新年の朝は、江戸中の町家は、板戸を閉じて、往来すべて一物もない。

東雲（しののめ）のたなびく頃までも熱鬧（ねっとう）のちまたであったのが、明けるとともに、均しく静かになって、道路の幅のひろさをおぼえる。

こうした、ひっそりとした街辻に、町毎に、一、二ヵ所ずつ、葭簀（よしず）かこいの店が開けられる。紙鳶（たこ）が、いっぱいにかかげられ、春着をきて家をとび出して来た子供たちを昂奮させる。

大凧は十二枚張り、中は四枚張り、小は一枚張り。奴凧、鳶凧、三番叟。扇凧、剣凧など……すべて、勇ましい武者絵である。

「小父さん、中凧おくれ」

「あいよ」

四十がらみの紙鳶商人は、義経の中凧をとりおろしかけて、

「坊や、めでたい口あけだ。大凧をまけてやろうか」

「ほんとかい！」

「ああ、ほんとだ。これなんざ、どうだい。日本武尊(やまとたけるのみこと)の熊襲(くまそ)退治だ」

「うれしいな！」

「そのかわり、ちょいと、ききたいことがあるのだ」

「なんだい？」

「あそこの角をまがると貞玉師匠って、講釈師の家があるだろう」

「うん、あるよ」

「あの家に、去年、若いきれいな女のひとが、ちょっと、居候していたろう」

これをきくや、少年は、急に商人を睨みつけて、大凧をつきかえした。

「おいら、要らねえや。かえすぜ」

「なんだ、どうした」

「要らねったら、要らねえや。ほかの店で買うんだ」

言いすてて、ぱっと走り去ってしまった。

商人は、別人のように鋭い目つきになって、見送ったが、ふっと、苦笑した。

「町人の方が、子供まで義理人情を心得ている」

おそらく、貞玉が、近隣に、口どめして、それを、親たちは子供にまで、かたく言いふくめたに相違ない。

屠蘇をくみ、雑煮を祝ったならば、職人たちは、寛永銭三箇をひねったのを袂に入れて、初風呂行きである。

湯屋では、番台へ、三方盆を据えて、このおひねりを山と積む。

すでに、大晦日に入浴しているから、ざっとあびただけで、皆は、二階へ上って行く。

当時、湯屋の二階は、今日の喫茶店の役目を果していた。

少女がいて、茶釜を据え、菓子を用意していた。色里からの帰りなどは、まず、この二階に来て、自宅の首尾を探って、帰るあんばいとなる。寄席の噺、芝居相撲の評判、遊女の品さだめ、前夜の火事から、新道の女師匠の噂など——にぎやかなことである。

囲碁将棋の口軽な舌戦も、かまびすしい。

「おっと、待った」

「へへ、松がある、のは操の手本。持った世帯の庭のうち、とくらあ。夜は夜でもこっちとらのは、金閣寺に銀閣寺だ。どうだ、後光がさしてるだろう」

と、駒をならべたてのひらをつき出してみせた。

「へっ、後生大事に握りしめてやがるから、湯気が立ってやがる」

「湯屋の二階で、湯気が立つのに、なんのふしぎがあるけえ、さあ、来い」

「来いと言われて、その行く夜さの、足の軽さようれしさよ、行くぞ行くぞ」

そこへ、貞玉が、姿をあらわして、

「皆の衆、おめでとう」

「やあ、師匠、吉原で流連でござんしたかい！」

貞玉は、ここしばらく、家を留守にしていたのである。

「もてたのう。明けて二十歳の三分女郎が、足駄をはいて、首ったけ。ぬしに逢う夜は、小萩の笑顔、かたみ小袖を波こえて、末の松山、末までも、かわるまいぞえ百夜草、と来た。七草すぎたら、身請けして、だ。ははは、そねめそねめ」

この時、あわただしく階段をかけのぼって来る跫音がしたかと思うと、一人の職人がおそろしく真剣な顔つきをみせた。

「師匠！」

近づいて来ると、耳もとで、

「紙鳶商人に化けた野郎が、さぐりに来てますぜ、御要心」

「うむ——」

頷いた貞玉は、皆を見わたして、

「昨年度は、いずれ様も、君子であらせられた。太平記に曰く、君子は食言せず、約の堅きこと金石の如し——有難う存じました。今年も、なにとぞ、よろしく、ごひいきの程を——」

と言って、頭を下げた。

その四

同じ、元日の朝。

二階堂庄之助は、十五歳元服の新しい年の初日の出を、鎌倉由比ヶ浜の砂上に立って、拝した。

父靭負(ゆきえ)の柩を、病牀より見送った庄之助は、公儀に跡目相続の届出をしておいて、鎌倉の、五山十刹のうちの瑞泉寺の離れに移り住んで、療養につとめたのである。瑞泉寺の住職は、亡母の実兄にあたっていた。

すでに、傷は癒えて、体力も元に復していたが、その凛々しい面差から、少年らしい明るい表情は、永遠に喪われていた。

庄之助は、姉が将軍家に犯されて失踪したことを知ったのである。父靭負が、和久田総三郎に果し状をつきつけたのは、そのことをあたかも、出世のてだてであるかのごとくそしられたためであったのだ。廉恥を知る武士たる者、当然、剣を抜いて、そのはずかしめを雪(そそ)がざるを得なかった。

しかし、その父は、その夜のうちに、急死し、果し状を受けとった和久田総三郎もまた、指定の場所桜馬場において、何者かに斬られて、斃れたのである。

姉は、屋敷から消えて、未だ消息を絶ったままである。

庄之助は、急変したわが家の運命を、病牀の永い時間の中で、瞶めているうちに、はじめて、武士というものの置かれている世界に、疑惑を抱いたのであった。

三河譜代の二階堂家の当主となったいま、庄之助の心は、父がつらぬいて来た五十余年間の武士道が、はたして父にとって幸せであったかどうか——すなわち、自分が、父の道を継ぐことになったに就いて、強い抵抗をおぼえたのである。

——父上も姉上も、正しく生きようとなされた。正しいと信じた道を、一歩もふみあやまるまいと心掛けて来られた。そして、その通りに、すごされた。……上様の、ほんの一時の気まぐれが、姉上を三界に身を置く場所もない悲惨な身の上に堕し、父上を憤死せしめたのだ。上様である故に、その罪が、見のがされてよいものであろうか。上様なればこそ、罪は深い、と言えないであろうか。

いま。

鏡のように平らかな水平線上に、くっきりと抜け出た伊豆大島の淡い島影へ、暗いまなざしを投じ乍ら、庄之助は、胸のうちに、この呟きを、くりかえしていた。

溜息が、ひとつ、口から、洩らされた。

——止せ、庄之助。

どこからか、なだめる声があった。

——お前は、二階堂家を相続したのだ。二階堂家は、徳川家の旗本なのだ。旗本の使命は、申すまでもあるまい。当代の上様が、どのようなお方であらせられようとも、それをもって、忠節の心を動揺させるのは、おろかではないか。お前は、徳川家の臣だ。当代の上様御一人にのみ仕える身ではない。次代の上様にも、さらにその次の代の将軍家にも仕える身だ。疑いをすてるがよい。臣は、臣たるの道を歩めばよい。

庄之助は、目蓋をとじた。

——正しく生きるには？

——武士として、正しく、生きるには？　唇を噛みしめて、心気を鎮めようとした。

ややあって、目をひらいた庄之助が、まるで新しい発見のように、感じたのは、自分の佇んでいる世界の、広さ大きさであった。

陽は、高く昇って、眩しい光を、視界いっぱいにみたしている。

見渡すかぎり遠く、ゆるやかな弧を描く渚の白い波の動きと音は、微小な人間の生涯などとは無縁に、太古から未来へ、永遠につづくいとなみである。

この砂は、そのむかし、三浦義澄が畠山重忠と闘った際の血潮を吸い、また源頼朝が壮士らをして弓馬の試合や牛追物を行わしめた時の馬蹄で踏まれたのだ。この波は、源義経の妾静が生みおとした子が、安達三郎の手によってすてられるのを、しずかに沖にさらって行ったのだ。また、源実朝が宋の仏工陳和卿の乞いを容れて、宋に渡るべく造った唐船を、ひたひたと、なぶったのである。

人も馬も船も、消えはてたが、砂と波は、なお、往昔のままに、ここに在る！

庄之助は、眉をあげ、胸をはって、

――自分は、自分らしく、生きて行こう！

自分に、はっきりと言いきかせた。

背後に、砂をふんで近づく跫音を、耳にしたのは、このおりであった。

その五

何気なく振りかえった庄之助は、二間のむこうに、かっと双眼をひき剝いて、自分を睨みつけている若者を見出した。自分よりも、三、四歳年長であろう。黒羽二重の紋付に白無垢を重ねて、すでに高持の一家のあるじである装（なり）をしめしていたが、まだそれがいたにつかない、ぎごちない肩の張りかたであった。

角鍔に大身の大小を閂（かんぬき）に帯びているのは、当世の華奢風に対する反感から、わざとえらんだものに相違なく、武術修業にはげんでいる証拠であろう。眉宇に、精悍な闘志を燃やしている。

「二階堂庄之助だな？」

「左様——。貴公は？」

「和久田欣也あらため、和久田総三郎だ」

「……」

和久田家にも、嫡子一人がいて、自分より三歳年上で、文武の道に秀でている、と庄之助は、きいていた。この若者であったのだ。

「いかに、二階堂庄之助！」

　和久田欣也は、さらに肩を張って、高い声をあげた。

「おぬしが、患うて、この地で療養につとめて居ることは、かねて調べておいた。もはや、尋常に立合うて、さしつかえないからだに復しているように見受けた。どうだ？」

「……」

「どうだ？　返答せい！」

「貴公は、わたしと果し合うために、参られたのか？」

「いかにも——。否やは言わせぬぞ！」

「果し合わねばならぬ理由をうかがおう」

「たわけ！　果し状を、つきつけたのは、そちらではないか」

「それは、先考同士のこと。貴公とわたしが、亡父に代って果し合うのが、はたして、武士道の吟味に叶うのであろうか」

「遁辞だぞ、庄之助！　家門の栄誉と当主の面目にかけて、その子らが、尋常の勝負をすることこそ、武士道と申すものだ。……それがしの父は、貴公の父親の果し状に応えて、桜馬場におもむき、数十名の曲者に包囲されて斬り死した。その際、貴公の父親の姿はなかった。卑劣にも、刺客をやとって、討ちとった、と取沙汰されても、弁明の余地はあるまい」

「父は、わたしに果し状を持参させたあと、一刻も経ずして、みまかっている。左様な卑劣な真似ができる筈はない。屈辱を受けて、これをはらさんとする者が、何をもって、数十名におよぶ助太刀をたのんで、後日世上の指弾をまねくおろかな所業を企てようか。笑止な臆測は止められい。貴公のお父上を包囲した曲者どもが、何者かは知らぬが、わが先考とはなんの関りもないことは、神明に誓って、明言できる」

「置けい！　天の人に与する、孝子業に命に諧うにあり、だ。その子らが、亡父の意志を荷負って、闘うのだ。なんのふしぎがある。抜けっ、庄之助！」

言いざま、欣也は、草履を後方へはねとばしておいて、身構えた。

もはや、問答は、無用であった。

――やんぬる哉！

庄之助は、決意すると、刀の下げ緒を解いて、襷にした。

おちつきはらったその態度を、欣也は、

——小面憎し！

と、見た。

「いざ！」

二間の距離をそのままに、欣也は、刳形(くりがた)へ手をかけて、親指で、鯉口を切った。

庄之助は、しかし、ただちに応ぜず、ゆっくりと、左へまわって、陽光を斜横にあびる位置に移った。

「行くぞっ！」

欣也が、叫びざま、一刀を抜きはなって左半身の上段に構えるのへ、二秒あまりおくれて、庄之助は、青眼にとった。

欣也は、香取神道流を学んで、すでに、目録を受けていた。庄之助は、一刀流を稽古していたが、道場にかかげた名札は、まだ末の方であった。ただ、真剣を把っては、十六夜十兵衛をして、肚裡で唸らせる凛冽たる剣気を放つ天稟を備えていた。

技においては、到底、欣也に抗すべくもない庄之助であったが、身をすてる心気の清澄さにおいて、まさっていたといえる。

「……」

「……」

欣也は、勝負を一挙に決すべく、神道流のうち、神集之太刀をえらんでいた。

上段より、青眼につけて、凄じい懸声を発して、巻打ちに、面を打つ。斬り込みも上段ならば、受太刀も上段の戦法である。

「ややや
っ！」

顔中を口にするや、砂を蹴散らして、すり足に、三尺あまり、間合をつめた。

この威嚇に対して、庄之助は、腰をおとして、影のごとく動かず、冷たい眸子を据えたなりであった。

欣也は、さらに、三尺つき進んだ。

「やあっ！」

「おおっ！」

応じつつ、庄之助が、圧されたように、一足引いて、切っ先を、ぴくっとはねあげた。

「ええいっ！」

欣也は、誘いに乗って、ツツ……と奔り寄りざま、白刃を、巻打ちに、庄之助の面ていへ、斬り込んだ。

「……むっ！」

迸(ほとばし)る閃光を払うのも、殆ど本能作用ならば、その太刀を下からすりあげに舞わせるのも無意識な動きであった。

「かっ！」

「おっ！」

短く、けだものじみた唸り声を、同時に発しつつ、両者は、もとの構えにもどった。

数秒を置いて、欣也は、再び、猛然と、巻打ちに、襲いかかった。

庄之助が、これを、前と同じく払わずに、ぱっと跳び退ったのは、決してあやまってはいなかった。

不運だったのは、跳び退った地点に、砂から、岩角がのぞいていたことである。

踝(くるぶし)が、それに当って、滑り……、あっとなって、崩れた休勢で反射的に、太刀を小霞にかまえたが、欣也が、得たりとばかり振り下した一撃を受けとめかねて、額から血飛沫(しぶき)を撒きつつ、走って来た白い波頭へ、転った。

「う……むっ！」

傲(おご)った欣也は、庄之助を洗いつつおしよせて来た波を踏んで、とどめの一颯をくれるべく、大上段に、ふりかぶった。

刹那……。

「庄之助！　ひるむな！」

ひくいが、冴えた一声が、欣也のまうしろから、飛んだ。

欣也は、思いがけず、敵の助勢する者の出現に、かあっと逆上し、満面を朱にして、

「くたばれっ！」

と刃風を唸り下した。

庄之助は、血潮の流れ入る双眼をくわっと瞠(みは)り、片手を水の中に突き、片手薙ぎに、きえーっ、と白い円弧を、欣也の胴へ送った。

そして――。

庄之助が、鹿が跳躍するように跳ね起きたそのあとへ、欣也は、だだっと、よろめいてのめり込んで行った。

後方砂上に、うっそりと佇(たたず)んで、この光景を見戍(みまも)った夢殿転は、

――あたら、若い生命を、むだにすてた。

暗然として、波に俯伏した欣也へ、いたましげに、かぶりをふった。

転は、もしや、庄之助が、亡父の日誌でも持っていないか、と考えて、たずねて来て、偶然、この果し合いに会ったのである。

その六

和久田欣也の屍骸を、書状を添えて、江戸へ送っておいて、瑞泉寺の方丈に入った転は、庄之助に、和久田総三郎を斬ったのは自分であり、また姉の千枝を家からつれ出したのも、自分だ、と打明けてから、

「お手前はまだ、仔細をご存じないかも知れぬが、二階堂家の不幸は、公儀の大きな秘密によって生じたものと考えられる」

と、言った。

「秘密、と申しますと？」

「それは、わたしにも、いまだ判らぬ。判って居るのは、大奥帖と天皇帖なる二冊の秘帖をめぐって、若年寄はじめ、大奥の老女たちや、京の所代司や、隠密たちが躍起と

なっていることだ。お手前の姉上は、京の比丘尼御所へ送られて、天皇帖を盗みとる役目を与えられるために、尼にされたのだ。その直前に、将軍家のお手がついて、斯様な悲運に遭うことと相成ったのだが、いずれは、京へ参って、生命をすてなければならぬ宿運であった。……お手前の父上が、このことをご存じなかった筈はあるまい。和久田総三郎と決闘せざるを得なくなったのも、ただ、殿中において、はずかしめを受けた、というだけの理由ではあるまい、と考えられる。……お父上は、天皇帖なるものが、如何なる重大な品か、御承知であったのではなかろうか。日誌の中にでも、記しとめられていたならば、と思う」

「日誌ならば、それがしが、ここに所持して居ります」

「拝見しよう」

だが、一刻を費やして、二階堂靭負が丹念に記しとめた日誌をめくってみて、転に、なんの得るところもなかった。

深い失望をもって、立ち上った転は、

「姉上の身については、心配されぬことだ」と、言いのこした。

永井美作守直峯が、正月行事の一つである御謡初に加わるべく、夕七つ半刻に熨斗目袴で、帝鑑間付きの溜に着座している時に、人知れぬ奇怪事が起った。

この三日の行事としては、午前中に、将軍家が、帝鑑間に出御して、立礼式がとり行われる。年始御礼をするのは、無位無官（家督済みだが仕官前）の大名である。これが済むと、将軍家は大廊下へ渡御して、三千石以上無位無官の寄合旗本及び五百石以上の御目見無役の旗本らの、年始御礼を受ける。それから、羽目之間に移って、京都、大坂、堺、奈良、伏見の総年寄らの拝謁を受ける。

夕刻を待って、御謡初の前に、まず諸家より、蓬萊島台などの御盃台の献上がある。尾張は松に鶴、紀伊は松竹、水戸は西王母、加賀は高砂、会津は鶴亀、松平讃岐守は蓬萊、井伊掃部頭は制札、松平下総守は松竹といったあんばいである。美作守の献上品は、高砂であった。

溜に着座すると、家臣がただちに、それを目にとめてもらうべく、はこんで来た。

何気なく、目をやった美作守は、翁の手が、結び紙を握っているのをみとめて、不審なままに、もぎとった。

開いてみて、愕然となったことである。

『大奥帖、すでに、我が手に在り。近き日に、天皇帖も頂戴いたす予定。かまえて、御覚悟あるべし。

草賊天地人敬白』

――何者？

もし、他に大名が居合せたならば、はじめて、この幕閣の俊邁が、色を失うのをみとめたであろう。

その七

呼ぶに呼ばれず
戸は叩かれず
柱抱いたり、空見たり、か

両袖を奴凧のように張って、若い職人が、大声でうたい乍ら、北馬道の居酒屋ののれんを、首ではねて、ひょいと、入ってきた。

「ようっ、御隠居。昨年中は、いろいろ、どうも……今年も、相変りませず――」

ふりかえった、十徳に宗匠頭巾の老人が、苦笑して、

「巾着切とのつきあいは、今年は、もう御免を蒙らせてもらおうかな」

「おっと、きいた風な口をききなさんな。伊勢屋の御隠居が、なんで身代ふやしたか、世間の方で先刻ご存じだあ。あこぎな盗品買いで――」

「しっ！」

にらみつけられたが、職人は、けろっとして、

「ねえ、伊勢屋の御隠居、持ちつ持たれつだあ、伊勢は津でもつ、津は伊勢でもつ、尾張名古屋は、城でもつ――城の鯱鉾（しゃち）、金でもつ。そこで、ひとつ、……この無垢――」

ふところから、ぬき出した品を、隠居の前に、置いた。

「ほう――」

隠居は、とりあげて、眉をひそめた。

孔あきの金銭であるが、わが国のものではない。精巧な竜が、描かれた絵銭である。

「御隠居、一両にまけとかあ」

「冗談じゃない。こんなしろものは、べつに珍しくはないぜ。まあ、せいぜい、二朱がいいところだろう」

「へっ、いまはじめて、拝見つかまつって、目ン玉を白黒させやがったくせに、死欲がつッぱりやがって、あさましいとも、なさけないとも——二朱なんざ、見料だい。目の毒だ、ひっこめらあ」

職人が、ふところへ、もどそうとすると、背後から、

「一両で、買おうか」

と、声が、かかった。

ふりかえった職人は、

「あ——親分」

と、首をちぢめた。

黙兵衛の無愛想な貌が、そこにあった。

ぬっと、手をさしのべられて、職人は、あわてて、そのてのひらへ、絵銭をのせた。

じっと、眺めていた黙兵衛は、

「おめえ、これを、どこから、くすねた？」

と、訊ねた。

「そいつが、そのう、妙なあんばいなんで——」

「……?」

「山谷から、塩入土手を抜けて行こうとした時、餓鬼が四、五人、何かを取りあってやがるんで、なだめてみたら、これを畑の中で、ひろった、というんでさあ」

「……」

「そこで、餓鬼たちに、小銭をくれて、そこ掘れ、わんわん、とけしかけてみたら、あとから、四枚――へい」

　職人は、腹掛けから、つかみ出してみせた。

　いずれも、同じ絵模様の金銭であった。

「預るぜ。新太」

　黙兵衛は、ぼそりと言った。

「へえ――」

　代りに、一両小判を、ちゃりんと投げられて、新太は、なかば不服げに、黙兵衛を見上げた。

「あとで、ねうちが判ったら、追銭してやる」

「あっしゃ、たぶん、十両以上のねうちがあると、ふんでいやすがねえ」

黙兵衛は、ふふんと冷たく笑って、出て行った。

黙兵衛が、その足で、たずねて行ったのは、御切手町の沼のほとりにある夢殿転の隠れ家であった。

転は留守で、黙兵術は、夕刻まで、待たなければならなかった。

宵闇の忍び入った昏い家の中に、黙兵衛は、ずうっと坐りつづけていたが、その二刻あまりのあいだに、音もなく忍び寄って、戸の隙間から窺う目があるのを、二度ばかり、察知した。

――ここも、狙われていなさる。

黙兵衛は、かぶりをふった。

この隠れ家を世話したのは、黙兵衛だったからである。

転は、身辺に危険が迫っているのを知ってか、知らずか、顔もかくさず、路地伝いに帰って来ると、がらっと戸を開けて、

「黙兵衛か――」

と、笑っておいて、井戸端へまわると、しばらく水音をたてていたが、濡手拭をさげ

て、裏口から、戻った。

　黙兵衛は、灯を入れていた。

「鎌倉へお出かけになった模様でございますな?」

「うむ。二階堂庄之助が、和久田総三郎の息子に、果し合いをかけられているところへ行き合せた。和久田の息子は、死んだ」

「それは……」

「もしや、二階堂靭負の日誌に、おれの知りたい秘密が記されていないか、と思ったのだが……無駄であった。……真珠院の住職を斬って、大奥帖を盗み去った者の見当も、いまだ、つかぬ」

　暗い口調で、転は、言った。

　黙兵衛は、無言で、懐紙を出して、畳の上へ、ひろげた。

　その上には、新太からとりあげた金の絵銭が、五枚のせてあった。

「転様。たしか、大奥帖の表紙には、この絵銭が、描いてございました」

　転は、一枚をつまみあげてみて、

「お——たしかに」

と、頷いた。

「これは、支那の古銭でございましょう?」

「そうだ」

ざんねん乍(なが)ら、それが判るだけで、二人とも古銭に対する知識に、乏しかった。

古銭とは——。

古代に使用された通貨で、あるいは、古泉の字面を用いる場合もある。銭は、泉の如く、汎く地に流布する意であろう。泉布、泉貨、ともいう。円形で、孔があけられているのは、秦代からのようであるが、漢から明、清にいたる間、大小の形状無数である。

ただ、漢、唐、宋、明——いずれの時代の貨銭にも、漢字あるいは蕃字が鋳出してある。

この金貨は、表裏ともに、絵模様で、時代が不明である。

日本にも絵銭はあるが、野駒とか車念仏とか大黒などで、こうした精巧な品ではない。

いずれにせよ、転と黙兵衛にとって、最大の興味を惹かれるのは、この金貨の絵模様が、大奥帖に描かれてあったことである。

転は、黙兵衛から、塩入土手際の畑の中からひろい出された、ときかされると、

「人夫をやとってくまなく掘ったら、山と出て来るかも知れぬな」

と、笑った。

笑ったとたん、

――いや、もしかすれば、冗談ではないかも知れぬ。

予感がした。

そして、予感は、当然、大奥帖が秘めている何かと、この絵銭が、深い関連を有するに相違ない、という推測に移った。

その八

いとまを告げて、黙兵衛は、いったん、土間へ降りたが、そこに落ちている黒いものに目をとめて、ひろいあげると、

「転様――」

底目を光らせ乍ら、さし出した。

風呂敷に包んであったが、書状であった。

夢殿転殿
達筆で、記してある。裏面は空白であった。

封を切った転は、開く前に、黙兵衛を見やって、

「投げ入れる気配がなかったな？」

「ございませんでした」

転が戻る前に、投げ入れられたものであった。転は、裏口から入ったので、気がつかなかったのである。

『大奥帖の探索は無用の儀に候。自由の身となりて、却って、亡羊の嘆を知ることの愚を知るべし。当方は、天下をふまえて、牛耳を執る志を抱く者にして、成就近きにあり。

草賊天地人』

——大層な自負だ。

転は苦笑した。

「黙兵衛」

「はい――」

「むこうの方が、おれの動くのを警戒しはじめたようだ」

「左様でございますか」

「公儀に敵意を抱いている者の仕業らしい」

「とりつぶされた何処かのお大名の家来衆でございましょうか？」

「いや、そうでもないようだ。自ら、草賊と名のって居る」

そう言った瞬間、転は、「天地人」の三文字に、鋭く神経が働いた。

公儀隠密は、天地人の三組に分れている。この草賊が、「天地人」と称するのは、偶然なのか、それとも、隠密組に対する傲慢な挑戦の意味を持つものか？

それとも、隠密組に属し乍ら、独特の行動をとっている者か？

「もっと、こっちが、動いてみることだな」

思わず、そう独語した。

黙兵衛は、不安の面持で、転を瞶めている。

「賽の目が、どう出るか、だ」

転は、立ち上った。

「ところで、転様……。清姫様が、松平様のお屋敷からお姿をお消しになってから、もう三月に相成りまするが……」

黙兵衛にとっては、このことも気がかりであった。

転が、それを知ったのは、年の暮もせまってからであった。

黙兵衛のさぐって来たところによれば、転自身が、清姫を拉致したと、松平家ではきめているらしいのであった。あの夜以来、中務少輔直元は、狂気に近い昂奮状態をつづけている、という。

十九歳の青年にとって、かりそめにも妻とした女性から、あのような最大の侮辱を蒙ったのであるから、これをはらさんとする妄執にとり憑かれるのは、無理もない。

転は、ここにも、自分を捜しもとめている敵の存在を知らされたわけであった。

……なぜか、転は、清姫が遠いものになっているのをうち消せなくなっていた。

「おぬし、姫の行方を捜していてくれるのか？」

「すでに、ご公儀でも、八丁堀の連中に、ひそかに、お命じになった気配がございます。心配いたして居ります」

「永井美作守なら、姫をさがし出したならば、生かしてはおくまい」

黙兵衛は、転の語気の冷たいひびきを、意外なものにきいた。

「それでは、猶更のことでございます」

大奥帖を奪いかえすよりも、清姫をとりもどすのが、先決ではなかろうか、と黙兵衛は、言いたかった。

「たのむぞ、黙兵衛」

言いすてて、出て行こうとする転の後姿を、黙兵衛は、肯けない眼眸で見送らないわけにいかなかった。


同じ夜――。

清姫は、渋谷八幡の境内に佇んで、ひとかかえもある桜の老樹の、高い梢にかかった月を仰いでいた。

髪も、洗い流して、肩にかけ、粗末な七つ過ぎの木綿の着物に、袖無し半纏をまとい、前垂をつけて、どう眺めても、下流の裏店の内儀さんであった。

八幡の坂下にある火消人足長屋の端の家が、狂訓亭貞玉のえらんでくれた隠れ家であった。

昼は、ずうっと家にとじこもっていて、夜に入って、そっと、この境内に足をはこぶのが日課となっていた。

この古木は、金王桜といい、そのむかし——久寿年中、源義朝の鎌倉亀ヶ谷の館の庭にあって憂忘桜と名づけられていたのを、金王麿（後の土佐坊昌俊）に賜わったもの、と清姫は、きいていた。

　しばらくは花の上なる月夜かな

らんまんと咲いた宵に立ちよって、芭蕉が、こう詠んで、去った、という。

清姫は、ひっそりと、佇んで、この古木が、花をひらいた幾百たびの春を想うて、心を解き、ひとときのいこいにひたる。

——美しく、満開となった頃に……。

清姫は、いつとなく、その頃に、じぶんの身の上に、幸せがおとずれるのではなかろうか、と期待するようになっていた。

——屹度、おとずれる！

確信ともいえる期待が、こうして、毎晩、ここへ足をはこばせることになったのである。

……ふと。

背後に、人の気配をおぼえて、清姫は、はっと肩をすくめて、そうっと視線をまわした。

二間あまり向うに、くろぐろと立った影が、何者か、すぐに、見わけられた。

「あ——そなた」

「へい。……ごぶさたいたしまして——」

近づいて来たのは、勘次郎であった。師走に入って、一度姿を見せただけで、それきり音沙汰なかったのである。

「貞玉どのが、五日に一度ずつ、参ってくれまする」

「それは、よろしゅうございます。本来ならば、てまえが勤めなければならないのを、貞玉師匠に、まかせっきりで、申しわけございません」

清姫は歩き出し乍ら、

「……淋しゅうはありますが、生れてはじめて、心がやすらかな日々が送れまする」

と、言った。

心から、そう感じている清姫であった。ふたたび、御殿の内へもどる意志は、毛頭なかった。

清姫は、長屋の連中が、どんなに親切か、語りはじめた。いやしい身分の火消人足たちに、ほんとうの人情があり、礼儀があり、心意気があることは、清姫の心を、どんなにあたため、爽やかにしたことだろう。

虚礼でぬりこめられた御殿内の陰湿な空気しか知らなかった清姫にとって、なんという新しい活きた世界であったろう。

貧しさは問題ではなかった。貧しささえも愉しそうな世界であった。一椀の甘酒、一個のぼた餅が、こんなにも美味しいものだったか、と教えてくれたのである。人々の真情がこもっているからであった。

「……わたくしは、幸せだと思って居ります る」

そう告げて、清姫は、ふと、勘次郎が一向にあい槌をうたないのに気づいて、頭をめぐらした。

勘次郎は、一間あまりおくれて足を停めていた。

じっと、目を据えて、動かないのを、訝かって、

「どうしました?」

と、問うと、ふいに、喘ぐように、

「姫様!」

咽喉奥からしぼるように呼んで、ずかずかと、迫って来た。

ぎょっとなって、あと退ろうとするより早く、手を摑まれた。

「なにをします?」

「姫様! ……あ、あっしは、やっぱり盗っ人だ! 姫様の、か、からだを、盗ませて、頂きやすぜ!」

その九

――けだもの!

清姫は、胸のうちで、絶叫した。

それを、口からほとばしらせることができず、のしかかって来る男の暴力に対して、死にもの狂いの抵抗がなし得ないところに、上﨟(じょうろう)の哀しさがあった。

無言裡に、烈しく、争い乍ら、まだ、勘次郎の豹変が、信じられぬ気持であった。

急にわれにかえってとび退り、おのが狂気を慙じて、平伏するのではないか——そんな儚い希望が、心の片隅には、あったのである。

勘次郎の片脚が、こちらの膝を割って、捩込んで来るや、清姫は、はじめて、小さな悲鳴を発した。

悲鳴は、しかし、勘次郎の狂暴性に、かえって、油を注いだ。

その片脚を、脛にからめるや、上半身をのしかけ、

「……うむっ」

唸り声とともに、背中へまわした双腕に、渾身の力を罩めた。

「あ……あーっ！」

頤をあげ、月かげへ、絶望のまなざしをすがらせつつ、清姫は、からだを崩した。

地べたへ落ちた肢体が、勘次郎の燃えたぎる軀幹に押されて、あわれに、もだえた。

その柔らかな弾みのある蠢きは、勘次郎の血を、野生のものにかえし、それまで脳裡にのこっていた聊かの理性をも、押し流してしまった。

——おれの、ものだ！

勘次郎は、双手で双腕をおさえつけ、双脚で双膝を抉開けつつ、月光に潤うた佳麗の貌を、食い入るように、凝視した。

——公方の娘を、このおれが——氏素姓もわからぬ盗っ人が、わがものにするんだ！

腿と腿とが、ぴったりとふれている。この冷たい触感が、名状しがたい戦慄を呼ぶ。

清姫は身もだえすればする程、かえって、徐々に拡げられるおのが下肢が、無慚に、月光に曝されるのを、慙じて、動きをとめた。

「……ゆるして！　……ゆるして——」

頸根が折れる程曲げて、勘次郎の喘ぐ熱い息をさけつつ、悲しく呟くように洩らした。

「姫様！」

勘次郎は、もはや、抵抗は失われたと知って、片手を頸へ、片手を胴へまわしてぐっと抱き締めると、

「あ、あっしは、三年前、お前様が、夢殿転の旦那のものに、おなりになるのを、見、見とどけて居りますぜ……。あっしは、あの時、お行列の陸尺に化けて、御用金を狙っていた盗っ人でござんした」

「……」

清姫は、勘次郎の双膝が、ぐいぐいと開いて、わが股をおし拡げて来るのに、気遠くなった。

「あっしは、旦那が、清姫をひっかついで、嵐の中をつッ走るのを、尾けたんだ。誰に、たのまれたわけでもねえ、面白かったんだ。旦那が、まんまと、姫様を、かどわかすことができるかどうか——そいつを、見とどけたかったんだ」

勘次郎は、胴へまわした片手を、じわじわと腰へむかって匐い下して行く。

「旦那は、追いかけて来た隠密どもを、斬ってしまった。そして、姫様を、百姓家へ、かつぎ込んだ……。あっしはね、あっしは、天井裏に忍び込んで、はじめから、しまいまで、みんな、見とどけたんだ。お前様が、女に、されるのを、だ！」

ついに、勘次郎の五指は、腰の下からはね出ざま、内腿の隙間へ滑り込んだ。

清姫は、鋭く高く悲鳴をほとばしらせて、腰をねじった。しかし、それは、逆に、勘次郎の五体を、わが身の中へゆさぶり込ませる効果を招いた。

「姫様！　人間の世界には、男と女しか、いねえんだ！　あっしは、男だ。お前様は、女だ。……夫婦に、なっても、ふ、ふしぎはねえんだ！」

爬虫の鱗のように厚い指頭がぬめぬめと、柔肌の襞目へ、忍び入ろうとした。

刹那――。

ひしと目蓋をとざした清姫の顔へ、勘次郎の首が、がくんと落ちた。

横あいから、たっつけをはいた足が、その首を、蹴った。

首は他愛なく、一間余り飛んで、地面を、ごろりと、一回転した。

清姫は、目をひらき、じぶんを抱いた男が、いつの間にか首を喪っているのを知って、そのまま気絶した。

その十

清姫が、意識をとりもどした時、身は、駕籠の中にあった。

何者に、何処へ、つれて行かれようとするのか？

べつに、からだは縛られては居らず、目隠しもされていなかった。

ひたひた、と地をふんで行く駕籠舁きの跫音がきこえるばかりで、いくら耳をすましても、付添うた者の跫音が、きこえない。

もの淋しい往還をえらんでいるらしく、通行人は、絶えてないようである。左右いずれからも、灯影がさして来ないのは、われにかえった時、どうやら森の中を通って、そのまま、野へ出たのだと受けとれる。

「もし！」

清姫は、呼んでみた。

「もし！　どこへ、参るのです？」

引戸へ手をかけたが、開かなかった。

返辞もなかった。

清姫は、あきらめて、行き着くまで、おとなしくしていることにした。

半刻ちかくも、はこばれて、清姫は、駕籠が大きな屋敷門をくぐるのを、察知した。

門番にかけられた声は、駕籠わきからであった。跫音は消していたが、付添う者は、いたのである。

灯影が、駕籠の中まで入って来て、清姫は、じぶんの身なりが、きれいなものに換えられているのを知らされ、あっとなった。立派な衣裳であった。闇の中でも、すぐに気づくべきだったのに、やはり心が動転している証拠であった。

奥まで、距離は、永かった。

庭から、広縁へ、かつぎあげられ、駕籠は、そのまま、屋内へ運ばれて、ようやくおろされたのであった。

引戸の錠前がはずされる音がして、

「お出ましなされい」

と、ものものしい声が促した。

ひえびえとした広い部屋であった。

燭台が、床柱の前に一脚だけ据えてある。すみずみは、闇がこめていて、冷たく沈んだ空気は、この部屋が、長いあいだ無人であったと教えた。

「どうぞ――」

上座を示したのは、覆面をした黒装束の、忍者と見える武士であった。

清姫は、ためらわず、座に就いた。

武士は、末座にさがって、着席したが、それきり、沈黙して、動かなかった。

「ここはどこですか！」

こころみに、問うてみたが、こたえは得られなかった。

やがて、襖が開いて、風貌も体格も堂々とした武士が、入って来た。対座すると、大きな目で、清姫を、じっと正視した。

「清姫君——でござるな？——」

落着きはらった口調で、

「こちらのお尋ね申すことに、正直におこたえ下さるまいか」

「その前に、当家が、何処のすまいか、伺いとう存じます」

「遺憾乍ら——」

武士は、かぶりをふった。

「わたくしを、虜として取扱われるのか？」

「機密の儀にござれば、やむを得ませぬ。……承りたきことに就いて、おこたえ下さるよう……」

「……」

「よろしゅうござるな？」

きら、と目の色が、動いた。

「貴女様は、三年前、拳の鶴を禁廷へ献上するに当って、将軍家代理として、天機伺いをいたされる予定であった」

「……」

「貴女様は、上洛されたならば、そのまま、しばらくとどまって、宮廷作法を学ばれる予定であった」

「……」

「しかるに、不幸にして、宮の西浜屋敷に於て、拳の鶴が、何者かの手によって、毒殺され、貴女様は、当然、責を負うて、帰府は叶わず、京の比丘尼御所に入って、落飾される運命と相成った」

「……」

「すなわち、拳の鶴を毒殺した目的は、貴女様を、京の比丘尼御所に入らしめることにあった……。そのことを、貴女様は、すでに、ご承知の上であった」

「いいえ」

清姫は、つよく、かぶりをふった。

「鶴が殺されようなどと、わたくしが、夢にも知るはずが、ありませぬ。わたくしは、尼になど、なるのは、死んでもいやでした」

「では、ご存じなかったといたそう。しかし、ご自身が、比丘尼御所へ入れられる理由に就いて、ご存じなかったとは、いわせぬぞ」

「……」

「貴女様は、幸か不幸か、落飾なさることをおまぬがれになったが……もし、落飾されていたとしたら、大聖寺、宝鏡寺、曇華院、光照院――この四箇寺のうちのいずれか、それを承りたい」

「わかりませぬ。……それは、所司代の指図にまかせたことでしょう」

清姫が、視線をそらして、こたえると、武士は、うすく、皮肉な微笑をつくった。

「貴女様は、献上鶴行列に御参加なさる際、若年寄永井美作守より、なんと耳うちをされたか？　宮廷作法を見習うほかに、もうひとつ、重大な任務を、与えられはしなかったか？　……おこたえ願おう！」

「……」

「では、こちらから、申上げましょう。貴女様が京へ参られる目的は、天皇帖なる秘帖を入手することであった」

対手は、ずばりといいあててみせた。

清姫のおもてが、蒼く、かたく、こわばった。

「天皇帖が、いずこにかくされているか——比丘尼御所四箇寺のうちではないか？　公儀では、そう判断して、貴女様を落飾させようと企てた。失敗におわったものの、公儀の方では、別の手段をとって、天皇帖を奪おうといたして居る。そうしなければならぬ理由がある！」

「……」

清姫は、目を伏せると、

——そのような任務は、もう、わたくしからは遠いことなのだ。わたくしには、転殿にめぐり会いたい、そののぞみしかないのだ。

心で、そっと呟いていた。

その十一

根岸の里。

上野山下をまわって、一里たらずの距離の、この里は、文化年間までは、百姓家が点在しているだけの、淋しいところであった。

いつの頃からか、文人墨客が、都塵をさけて、ここを幽棲の地とさだめるようになって、金持たちが、別邸をもうけるならわしとなった。

文人墨客がえらんだ理由は、どうやらこの里が、嵯峨天皇が御所を置いて以来、貴人の山荘が多くかまえられるようになった京の嵯峨に似ている。ということのようであった。

金持たちも、そこをよくのみこんで、祇王祇女が結んだ庵を偲ぶたたずまいや、小督(こごう)の局(つぼね)が隠れ住んだ屋敷に似せたかまえなどを、川と林の中につくり出して、大いに風雅の心をやしなっているのであった。

御行の松は、この中央を流れる音無川に沿うた御隠殿通り、時雨の岡にあった。

夢殿転は、夜更けて、この古樹のわきを通って、とある風雅な屋敷の前に立った。

——ここだな！

その庭が、京にある孤蓬庵忘筌の庭をそっくり模したもの、とかねてきいていた。

孤蓬庵は、小堀遠州が、茶禅一致の境地に達した晩年の傑作と称されていた。近江八景を、完璧に写した庭なのである。

だから、一歩、忍び入れば、月の下でも、一瞥でわかるのであった。

冴えた月の光は、樹木や組石や燈籠の影を、苔地や苑路や洲浜に落して、遠景の美しさをみごとに描き出している。

転は、跫音を消して、苑路の飛石を辿って、茶亭の二重縁側の前の葛石(かずらいし)に立った。つと縁側へ上って、小柄で、雨戸をはずした。

灯は、障子の内にあった。

転は、わざと、音をたてて、障子を開けた。

「だれ？」

女の声が、たてまわされた屛風のむこうで、誰何(すいか)した。

朱塗りの絹行燈に、ぼうっと照らし出された部屋は、金と粋にあかして、つくられたみごとなかまえであった。

転は、ゆっくりと、屛風をまわった。

その巨大な影法師が、屛風の蔭から、匐い出て、夜具の上へ、ぬうっと、のびるや、一枚絵からぬけ出したような綺麗な女が、

「ひっ！」

と、小さな悲鳴をあげて、はね起きた。

白い胸と脛をはだけた、なまめかしい寝乱れ姿は、妙になまあたたかな、ねっとりとした春の夜に、ふさわしいものだった。

――どうやら、京育ちの女のようだな。

江戸の女の持合せぬ、ふっくらとした餅肌の、その肌理にふさわしい、人形のように、おっとりとした、白痴めいた顔だちであった。

「なんの用だ?」

褥の中から、おちついた声音で、咎めたのは、永井美作守であった。

この根岸の里に、隠れ家をつくっていることは、美作守の側近しか知っていない筈であった。

だからこそ、敵の多い身が、警固の士も置かずに、悠々と泊っていたのである。

転が、どうして、ここをかぎつけたのか、これは、愕くに足りる。

その愕きを、しかし、おもてにあらわさぬ貫禄が、美作守のものであった。

転は、距離を置いて、刀を鞘ごと抜きとって、背後へ置くと、

「夜中、無粋の振舞いをいたし、申しわけありませぬ」

と、詫びた。

「あの夜以来、多くの者に下知して、探索いたさせたが、よう遁れかくれた」

美作守は、まず、そういってから、

「用向きをきこう」

と、促した。

「用向きは、三つあります」

「ふむ――」

「貴方様には、すでに、清姫君が松平邸より姿を消されたことを御承知の筈。庭番及び八丁堀の面々に命じて、その行方をつきとめんと心掛けておいでの模様なるが、捕えられたならば、ひそかに亡き者にされる御所存に相違ありますまい。何卒、その御所存を放棄して頂きたく――これがひとつ」

「次は――？」

「大奥帖の表紙には、支那の古い絵銭が描かれてありましたが、これには、何か深い仔細がある。ご存じならば、承りたい――これがふたつ」

「それから――？」

「大奥帖と天皇帖とは、如何なるつながりがありや——これが三つ」

問いおわって、転は、じっと、美作守を見据えた。

その十二

かなり長い沈黙がつづいた。

転は、膝に両手を置き、美作守の返答を待って、身じろぎもせぬ。

美作守の方も、転のじれるのを待つかのように、むすっと、口を真一文字にひきむすんだきりであった。

庭に跫音がひびいたが、転は、動じなかった。

「殿——」

雨戸をへだてて、はっきりと、呼び声がつたわって来た。これは、庭番独特の発音であるのが、すぐに判った。

美作守は、報告だけを受けて、こたえる必要はないのであった。

「かねて出府のけはいがありました毘沙門党には、今宵、修験道が出羽羽黒山へ詣でる途中と見せかけて、深川の木場はずれにある大観寺なる古院に入りました。払暁を期して、これを襲撃し、勦滅いたす所存なるも、容易ならぬ強敵でありますれば、味方の損害尠からずと覚悟いたしまする。……御高示の御旨あらば、例の場所にて、丑下刻までお待ち申しまする」

　報告者は、去った。

　美作守は、聴取する前と同じ態度で、片手でかんまんに膝を打つ動作をくりかえしていたが、やがて、口をひらいた。

「その方、ただの浪人者として、わしの返答を所望なのじゃな？」

「左様です」

「御浜御殿を退散する際、浪人・夢殿転として、おのれの道をえらぶ、と申して居ったが、どうやら、えらんだ模様じゃな？」

「好むと好まざるとに拘らず、てまえに与えられた仕事と相成りました。あとへ退くわけには参りますまい」

「勇気の程は、ほめてよい。力もある、と見てつかわそう。げんに、こうして、わしの隠れ家をつきとめて、わしの生命を掌中に捕えて居る。しかし、その方がたち向った事柄は、ゆさぶれば天下を聳動する巨樹だな。その方の一剣で、能く両断することは叶うまい」

「おぼろげ乍らも、その太さ、高さを測って居ると申上げられる」

「はははは、若さじゃな。……されば、こたえよう。まず、三問のうち三番目からこたえるが、天皇帖と大奥帖は、鐘と撞木の関係を有つ。二つ合ってこそ、鳴りひびく。その音色がいかなるものか、それは、その方に打明けるわけに参らぬ。知らんと欲せば、おのれ自身の手で、合せてみるがよかろう。……その方、どうやら、大奥帖も、失ったようじゃな。それを奪いかえすのさえ容易ではあるまいに、天皇帖までも手に入れようと企てるのは、ちと欲深いと申すもの。猿猴が月、とまでは申さぬが、浪人者などには、なんの役にもたたぬ紙屑同様の代物を、躍起になって争って、さて、どういうものであろうかの」

「おのれの利不利のみに算盤をはじいて、行動をえらぶように、てまえは、生れついては居らぬことです。……次に、大奥帖の表紙に描かれた絵銭については？」

「朝鮮および琉球よりの貢物献上の行事は、慶長のむかしより、絶えることなくつづいて居る。献上物の中には、珍しい絵銭も交って居ったろうの。それを、たまたま、大奥帖の模様といいたしたのじゃな」

何気ない調子で、美作守は、言いすてた。

だが、転は、迂濶にききのがしはしなかった。

朝鮮及び琉球の来聘は、幕府にとって、重大な行事のひとつであった。

海外交易を断っている幕府としては、聘使が来ることは、唯一の国交推進の手段だったのである。

家康は、必ずしも、隣国との交易を禁じはしなかったのである。

記録にも——。

慶長五年、凶徒伏誅(ふくちゅう)、御一統に帰せし後、東照宮、朝鮮と和解の事、計ろうべき旨、宗対馬守義智へ仰せられしかば、義智、粉骨して彼の国と和議の事を計らい、同十年はじめて調い、同十二年五月、朝鮮正使通政太夫昌祐吉、副使通訓太夫慶暹、従事通訓太夫好寛、対州に致着す。義智、三使を率して京師に上り、使价を駿府へ馳せて、この由を言上し、御旨を伺うところ、先ず江戸へ倶して参るべきとの仰せにより、三使を伴いて江戸に至り、五月六日登営、三使、台徳院様（秀忠）へ御目見え、朝鮮王の手翰、及び方物を献ず。

とある。

爾来、寛永、明暦、正徳、享保、明和、天明、寛政と、ひきつづいて信使来聘のことがあって、その都度、公表こそされなかったが、大規棋な交易が契約され、実行されて来たのである。

例えば、宝暦から天明にかけて、輸入した金銀の量は、莫大なものがあった。

大奥帖なる公儀にとって重大な秘帖に、ただ図柄が面白いだけで、絵銭が描かれたのであろうか!

断じてそうではあるまい、と転は強く否定していた。

——よし! このおれが、絵銭の隠匿場所をつきとめてやる!

転は、懐中から、その絵銭一枚を、とり出して、美作守の膝の前へ置いた。

「偶然のことに、これを、浅草のはずれの土中よりひろいました。御参考までにお手許にのこして置きましょう」

「ほう——」

美作守は、つまみあげてみて、

「ほんものじゃな」

と呟いた。しかし、その場所をくわしく訊こうともせず、すぐに、畳へころがしてしまった。

「さて、さいごの一問じゃが……」

転へ、あらたまった凝視をくれて、

「その方、あくまで、自分一個の力をたのんで、自由を束縛されまいといたすか?」

「御意――」

「それならば、やむを得ぬの。清姫様のおん生命を縮め奉る方針は変えまい」

「公儀の威光を保つため、将軍家の肉親を刹逆(しいぎゃく)する例は、古来尠しとしない……御世泰平の今日、それほどの残虐が必要かどうか――」

と、言いかけて、転は、はっとなった。

――姫君を亡きものにしようとの意図は、公儀の威光を保つためばかりではない。松平中務少輔を改易(かいえき)にするにあるのではないか?

直感が、そこに働いた。

――そうにちがいない!

「殿!」

転は、鋭い眼光を、美作守の双眸へ射込んだ。

「姫君の逃走を奇貨居くべしとして、貴方は、松平中務少輔殿をほろぼさんとくわだて居られるな？」

「……」

「姫君を、中務少輔殿へ輿入れさせたのを、貴方だときいた。このあたりに、さぐらねばならぬ秘密がある。松平家をとりつぶさなければならぬ理由があるのだ」

「転！　そのような質問は、受けて居らぬぞ。その方、姫様の助命嘆願をいたして居るのではないのか！」

美作守の表情も語気も、はじめて、激しいものとなった。

転は、打たれたように、苦痛の色を、蒼い貌に刷いた。

「世俗に、物は相談、と申すな」

美作守は、そう言って、にやりとした。

「姫君を救いたくば、おのずから、交換する条件が生ずる。どうだな？」

「承ろう」

「その方の剣を、当方の仕事に、一度、役立ててもらおうかの」

美作守は、あっさりと、言ってのけた。

その十三

昏れがたに、音もなく来て、音もなく去った雨で、深川いったいは、濛とした水蒸気がたち罩めて、月かげをおぼろに霑ませていた。

その夜靄の中を歩いて行く茶屋女のからころと鳴る下駄の音が、時おりきこえるだけで、河岸道は、静かであった。

黒い水面を掻いている艪音が、遠く、ものうくつたわって来る。

ついさきほどまで、茶屋の屋形船からの、爪弾きの三味線の音がきこえていたのだが、それが、靄の奥へ吸いとられてしまうと、急に、夜は更けた。

一艘の猪牙が、ゆっくりと、舟着場へ漕ぎ寄せられた。

小名木川に架った新高橋際であった。

ぼうっと闇に灯を滲ませている常夜燈のかたわらから、つと、ひとつの影が立ち上った。

着つけも仇な、項の白い女であった。

舟へ近よって、

「お約束でござんしたか」

と、声をかけた。

舟の中に腰を下していたのは、転であった。

ここに待っている者に、助勢の旨を伝えるがよい、と美作守に教えられて来たのである。

清姫の生命を守るために、ただ一度だけ、美作守の仕事へ協力することにしたのであった。

「約束をした」

こたえ乍ら、待っているのが、意外にも、艶冶な女であったのに、転は、ちょっと、とまどっていた。

転が、のそりと上るや、こんどは、女の方が、

「あら──」

と、おどろきの声をあげた。

美作守の腹心の誰かが、やって来て、指示を与えてくれるものとばかり思っていたのである。

「旦那、大観寺へいらっしゃるおひとでござんすか?」

「うむ。……組の方々の許へ案内してもらおう」

「……?」

女は、疑惑が払えず、迷う様子だった。

「あやしんでいるのか」

転は、常夜燈の光の中で皓い歯をみせた。

「組の力だけでは心細いので、おれが、一枚加えられた。それだけのことだ。ほかに、なんの命令もない由だ」

「旦那――」

女は、細い白いおもてを、明りの中へ出すように、つと動いて、

「あたし、以前どこかで、お会いしたのじゃござんせんか。……お仙、と申します」

「さあ――こっちは、忘れた。おれも、三年前までは、闇をうろつく犬だった。雌犬と、どこかでぶっつかったとしても、ふしぎはない」

「はっきり、仰言います。いえね、そういうお会いのしかたじゃなかった。あたしが、生娘(おぼこ)であった頃——十年も前に、どこかで……」

「どうでもよいことだろう。案内してくれ」

転は、つきはなすように言った。

女が先に立って歩き出すと、夜風にあおられて、化粧の匂いが、転の鼻孔を衝いた。

河岸道を、二町あまり辿るあいだ、女は、黙って、記憶の糸をたぐっている様子であったが、ふと、立ちどまった。

「どうした?」

転が訊ねるのと、女が、くるっと向き直りざま、匕首(あいくち)を突きかけて来るのが、殆ど同時であった。これは、なかなかの手練ぶりで、呼吸は経験のあるものと受けとれた。

転は、半身にひらいて、女の手くびをとらえた。

「まだ、疑って居るのか?」

互いに息のかかる間近さで、転は、女の顔に漲った憎悪の色をみとめた。

「思い出したんだ、畜生っ!」

女は、呻くように叫んだ。

「十年前、おれが、お前に何をした？」

「忘れたとは言わせないよ！　あ、あんたは、あたしのお父つぁんを、斬りやがった！」

「お前の父親を――？」

「大坂の、新綿番船の伊丹屋を、十年前の真夜中に忍び込んで来て、いきなり斬り殺したじゃないか」

「……」

転は、無言で、頷いた。

「そうか。あの時、廊下で顫えていた娘がいたが……」

「それが、あたしだったんだ！」

転は、脳裡に、あの夜の光景を甦らせた。まだ二十歳になったばかりであった。隠密「地の七」となって、はじめての任務が、それであった。人を斬るのも、はじめてであった。

大坂九店（綿・油・紙・毛綿・薬種・砂糖・鉄・蠟・鰹節の九品を扱う店）のうちでも、一番はぶりのいい伊丹屋を、何故暗殺しなければならぬのか、その時は、知らされてはいなかった。後日になって、伊丹屋が、実は、幕府の密命で、しばしば、海外へ交易に出かけていた、ときき、理由もほぼ想像がついた。

転は、お仙の手をつきはなした。

「敵と狙われるのを、いといはせぬ。いつどこからでも、襲って来てよい。——ただ、お互いに、今宵の勤めは勤めとして、はたそうではないか。案内してもらおう」

静かな口調で、促した。

同じ夜のこと——。

黙兵衛の長屋では、無心にせっせと着物を縫っていた加枝が、案内を乞う声に、戸を開けて、

「まあ！」

と、おどろきの声をあげた。

二階堂庄之助だったのである。

「夢殿転殿にお目にかかりたいが、住居をご存じか？」

何か思いつめた面持で、訊ねた。

加枝は、伯父に命じられて、御切手町の沼のほとりの隠れ家に、一度使いに行った。

とっさに、

「御案内申上げます」

と言った。

たった今、転に着せる渋い胡麻柄の古渡り唐桟が、縫いあがったばかりであった。加枝は、それを、すぐに転に着てもらいたかった。

「いや、ところを教えてもらえれば……」

「あたくしも用事がございますので、お供させて下さいまし」

「そうか——造作をかける」

庄之助は、頭を下げた。

加枝は、いそいそと支度をした。

長屋の路地を抜けて、おもての往還へ出ると、薄靄がかかって、妙に明るく、寒さはすこしも感じられなかった。

「もう、おからだは、およろしいのでございますか？」

「うむ」

庄之助は、まっすぐに前方を見据えて、頷いただけで自分から口をきこうとはしなかった。

加枝は、判らぬ乍ら、庄之助が、重大な用件を胸に抱いているのだと感じて、じぶんも口をつぐむことにした。

御切手町までは、遠い道のりであった。

もし、黙兵衛が、居合せたなら、隠れ家へ行くことは、きびしくとめられたに相違なかった。

何者かにすでに狙われている隠れ家であった。

転が、知っていて平然としているのは、敵の方から、仕掛けて来るのを待っているためであった。

第三者が、そこをおとずれるのは、危険なのである。

それとは、気づかず、

「御在宅であろうか？」

「さあ？」

そのことだけを心配しつつ、二人は、道を急いで行く——。

その十四

転は、再び、舟の人となって、深川を縦横に貫いている掘割のひとつを、進んでいた。

転のほかに、お仙という伊丹屋のわすれがたみと、艫に一人、頭巾で顔を包んだ武士が蹲っていた。

お仙に、転をひきあわされた時、武士は、あきらかに、転を知っているおどろきの気配をしめした。

いまは、公儀庭番たちには敵対する立場にいる転であった。美作守自身の口から捕縛の指令が出て、手配されている男であった。

それが、美作守の依頼を受けて、今夜の襲撃に、腕を貸しに現われたのである。

信じられぬことであったが、転が持参した美作守の花押のある木札は、本物であった。美作守直属の隠密以外が持っていない品であった。

武士は、半信半疑で、転をともなって行く——。

お仙という女は、舟のほぼ中央に坐って、黒い水面へ、じっと目を落して、身じろぎもせぬ。父親の敵に、十年ぶりにめぐり会って、討たんとして果さず、こうして同じ舟に乗っている感慨は、彼女の胸中を、瞶める水よりも、さらに黒く塗りこめているに相違なかった。

大栄橋をくぐると、六万坪の宏大な原田新田の埋立てであった。茫として夜靄にかすむ野を、吹き渡って来る夜風は、潮香を含んでいる。海は近いのであった。

「念のために、おことわりしておきたいが……」

転が、口をきった。

「なにか——？」

武士は、眼眸をまっすぐに、転に当てた。

「わたしは、おのれの意志を枉げて、若年寄の麾下に立戻ったのではない。交換すべき条件があって、今宵一度だけ、お手前がたへ味方いたす。したがって、明日になれば、独歩となり、お手前がたに追われる身に還る。この儀、御承知置きねがいたい」

「承知した」

「但し、これから襲う毘沙門党なる徒党ですが、わたしも、これを斬るからには、将来も敵にまわすことになり万が一にも、款（かん）を通ずる懸念はみじんもない故、この点、ご安堵ありたい」

「うむ――」

舟が、とある小さな橋に来るや、ふいに欄干から、黒い影が、身を傾けて、じっと覗き込んだ。

「山！」

応えて、舟から、武士は、

「川！」

と言った。

舟は、橋をくぐった。

やがて、着けられたのは、枯蘆をざざっと折り割って入った、とある堤の蔭、堤のむこうは、材木の山であった。

武士、お仙、転の順で、上った。

風が、木肌の香をはこんで来た。木場は、ここから、ひろがるのである。

材木の山をまわって、次つぎと、覆面黒装束の影が、歩み出て来た。

武士は、そこへ、大股に近寄って行った。転は、自分のことを告げられているのだ、と意識し乍ら、

「お仙、さんといったな。……なぜ、こんな危ない仕事の片棒をかついでいるのだ？」

と、訊ねた。

お仙は、案外素直にこたえた。

「好きな人がいましたのさ、お庭番の中に――」

「そうか」

「でも、その人が、お庭番ということは、死んでからわかりました」

「……」

「お庭番というお役目が、どんな生命がけなものか、あたしは、知りたくって、ふらふらと、嗅ぎ犬になっちまった。……あの人が死んじまったあとから、そうなったって、なんにもなりやしないのに――」

お仙は、じぶんでじぶんを突き放すように、自嘲のひびきを声音に含めた。

転は、自分という男を味方に加えるのを、烈しく拒否する者がいて、もめている彼方の様子へ、視線を送り乍ら、

「斬られたのか、お前の惚れていた仁は？」

「あい」

お仙は、襟へあごをうずめて、小石を下駄で蹴って、掘割へ落した。

「小石川の真珠院というお寺で、ある朝、冷たくなっていた、とききました」

「……！」

転の胸中が、躁いだ。

「それは、真珠院の住職が殺された日だな？」

「ご存じなんですか？」

お仙が、ふりかえって、靄をすかして、転を見た。

——この女の愛人が、命を受けて、真珠院へ忍び入り、住職を斬って、「大奥帖」を奪った。ところが、もう一人、別の人間が、そこへ現われて、その男を殪して、「大奥帖」をさらって行った。それが、草賊天地人と名のる曲者なのだ。

転は、そう解釈することができた。

「天地人」と称する賊が、これで、公儀隠密組に属さぬことは、明らかとなった。

草賊と名のり乍らも、狙うところは、天下だと、うそぶいているのである。

では、「大奥帖」と「天皇帖」は、幕府覆滅の力をひそめている秘帖なのか?

「旦那!」

「……」

「旦那は、もう、ご自分は、隠密じゃない、と仰言いましたね。隠密でもないのに、どうして、生命をなげ出す役を買ってお出になったんです?」

「女のためだ」

転は、ぼそりとこたえた。

「女のため?」

「左様、惚れた女のいのちを救うためだ」

この時、彼方でようやく、反対派が妥協したとみえて、こちらに合図があった。

その十五

いま——夜二更を告げる鐘が、遠くで鳴った。
広い板敷の中央に、一本の裸蠟燭が、焔をあげ、これをとりかこんだ十余名の巨大な影法師を、背後の床から剝げ壁や破れ襖へ匍わせて、ゆらゆらとゆらめかしていた。

無住の古寺の方丈であった。

何かの偈を写した掛物が、なかばちぎれてぶら下っている床の間を背にして、上座を占めている紋服姿の宗十郎頭巾の武士を除いては、いずれも優婆塞行者のいでたちであった。折頭巾を被っている者もあれば、班蓋をかたえに置いている者もある。柿衣には、旅塵がつもっている。

うすら寒げに肩をとがらせ、髯ものびたままに、双眼だけを冷たく底光らせたこれらの山伏たちは、じっと、上座の武士を見まもっている。

上座の武士だけは、衣服も立派であるとともに、頭巾からのぞかせた貌は、焔をあびて、美しい艶をみせていた。眸子もすずやかに、澄んでいた。

蠟燭が、なかばまで燃えて、根かたに蠟波をためているのは、こうして、円座してかなり時刻をすごしていることをしめしている。

一人が長い沈黙を破って、

「おそいな」

と、呟いた。

それが宛然合図ででもあったかのように、廊下を踏んで来る跫音がきこえた。

破れ襖を開けて、すっと入って来たのは、これは意外にも、無風亭主人――闇斎なのであった。

「いや――お待たせいたしましたな」

のびやかな口調が、この老人のものであった。

おのが座はそこと予めきめられてあったように、上座の前へ坐ると、

「御所様には、おすこやかにて、祝着に存じます」

鄭重に挨拶した。

御所様と呼ばれた対手は、じっと闇斎を瞶めて、

「春が参りましたぞ、闇斎」

と、言った。

これは、さわやかな若い女の声音なのであった。しかも、みやびな京の上臈でなければ使わぬ語調であった。

「左様、春が参りましたな」

「空とぼけてはなるまい。春が参れば、そなたの帰趨は、決定いたすのであろう。今宵

は、その存念の程、明らかにいたすがよい」

「御所様――」

闇斎は、微笑を含んで、見かえした。

「春とは、年明けた春ではありませぬ。義挙にふさわしい春のこと――三年さきか、五年さきか」

「だまれ！」

気性は烈しい女性のようであった。鋭く叱咤した。

「闇斎！　この織江をたぶらかそうなどとは、言語道断宥しませぬぞ！　力を尽して――こそ、義挙をなし得るのじゃ。天を仰いで、機会の到来を待っているのではない。春は、われらの手でひき寄せるのじゃ」

「すべて、世のことは、天の時、地の利、人の和――三者合一して成る、と申して居りますぞ、御所様」

「遁口上は程々にいたすがよい。闇斎、大奥帖は、その手にあろう。天皇帖は、わが手にある。……あとは、そなたの覚悟ひとつじゃ。天下をゆりうごかす力は、そなたの手中ににぎられて居るのじゃ……。まことの肚の裡をききましょうぞ！」

「御所様、今日、同志を募られまして、どれだけの人数が集まりましょうかな？」

「兵は、多勢のみが強いのではあるまい」

「もとより、それはひと理屈」

「理屈ではない」

「されば、少を用うるは、斉しく死を致すに如くは莫し――一騎当千といたしましょうかな、斉しく、死を致すに、備を去るに如くは莫し、と左伝にもござる。短兵急、と申すやつでありますな。ところが、少にして以て衆を犯し、弱にして強を侮り、忿りて力を量らざる者は、兵ともに之を殺す。いわば無謀の企ては、一時の勝利を得ても、後日、たちまちに、してやられてしまう例は、古来枚挙にいとまなし」

「ええい！　言うな！　……闇斎、大奥帖を、わたしに渡すか渡さぬか――どうじゃ？」

織江は、片膝を立てて、佩刀をひきつけた。山伏たちも、一斉に、身がまえた。

殺気におしつつまれて、闇斎は、平然たる態度を、いささかもかえなかった。

「御所様。それがしの忠告は、ただいま、この場にて、役に立ち申す。戦士貧しく、備なき故に、大志はむなしく衰う」

その言葉のおわらぬうちに、雨戸が幾枚か、烈しい音たてて倒された。

「方がた！」

一人が、悲痛な叫びをあげた。

闇斎は、蠟燭の火をふき消した。

墨を流したような闇の中に、ふみ込んで来た敵の、数はさほど多くはないが、見事な脈絡をとり乍ら、じりじりと包囲圏をせばめてくる殺気の凄じさは、迎え撃つ者たちの心胆を寒からしめるに充分だった。

——公儀の隠密たちだ！

床柱を背にして立った男装の上臈は、そう直感した。

山伏たちは、彼女を守る陣形をととのえて、ひそとして、暗黒へ気配を溶け込ませて、動かぬ。

いずれも、この場に於て斬死を覚悟したことである。襲撃者のおそろしさを、咄嗟にさとるだけの、彼らもまた手練者揃いだったのである。

「御所様、お遁げあれ」

闇斎の声が、かけられた。

頭上からのようであった。

「遁げるが勝。対手がわるい。逡巡われるな」

その言葉をのこして、闇斎は、消えうせた。

「えいっ!」

颯っと、殺気漲る闇を動かして、撃って出たのは、味方のうちからであった。

「とうっ!」

「う——むっ!」

短い、鋭い懸声が、つづけさまに起って、畳に臥っ伏したのは、敵であったか、味方であったか……。

ようやく、闇に馴れた目が、それぞれ、斬り込むべき敵の位置をえらんであらたな闘志を燃えたたせた時——。

織江と名のる女性は、しずかに、すり足で、花頭窓に倚っていたが、それをぱっと蹴破った。

刹那——一槍が、ひょーっと突き込まれた。

予期していたところである。

織江は、千段巻きを摑むと同時に、抜き付けに、脇鳥居の構えをとって、

「やっ！」

と討った。

切先が、あやまたず、敵の咽喉を刺した手ごたえがあるや、織江は、その刀身を、五体の跳躍の支えにして、裏庭へ——。

伏兵は、一人だけであった。

屋内に鳴る剣の音、人の叫び、倒れるひびきを、きき乍ら、織江は風のように、地上を奔った。

裏庭は、墓地につづいた。

追って来る敵がなかったことが、織江を、その入口で、ひと息つかせた。

途端であった。

一基の墓石の蔭から、ゆっくりと、一個の黒影が歩み出て、織江の行手をふさいだ。

「おっ——」

織江は、剣を青眼にとって、やや前踞みの姿勢になった。

一撃しておいて、まっしぐらに突破する——その強気な予告を、うっそりとした、無手の立姿で、受けた。

生れてはじめて経験する修羅場であったが、この強い気性の若い女性は、自身が意外に落着いているのを知った。動悸も起ってはいなかった。

方丈には、まだ騒然なる剣戟があったが、それは、かえって、この墓地の異常な静寂をひしひしと感ぜしめることに役立っていた。

月かげが、靄を透して、墓石に当り、白く冷たく石肌を光らせているのを意識する余裕が織江にはあったくらいである。

「いざ——」

じりっと、織江は一歩出た。

「お手前は、女か」

その声音は、夢殿転のものだった。

「毘沙門党が党首じゃ！　討って取れば、手柄になろうぞ！　いざっ！」

織江は凛乎として、声を張った。

転は、つと、右へ動いた。

これが誘いとは知らず、織江は、刀をふりかぶりざま、

「ええいっ！」

と、斬りつけた。

宙を搏ったむなしさに、

――しまった！

と、崩れた姿勢をたてようとしたが、そのいとまを与えられぬ迅業が、対手にはあった。

転は、その利腕を逆手にねじりあげるや、刀を奪ったのみか、それを、織江の腰へ、納めてさえやったのである。

「女性には、女性のなすべき勤めが、おのずからきまって居る。……翻心なさるなら、逃走の路をふさぐものではない」

転は、ひくく抑えた語気で、そうたしなめた。

ふっと、起った慈悲心といえた。

その十六

転は、そのまま、墓地の中に、いくばくかをすごして、彼方の方丈内で、剣戟の音が歇むのを待って、つと、出た。

五個の黒影が、近づいて来た。

転が、立ちどまると、対手がたも、足を停めた。

「首領を、お主のひそむところへ、わざと遁しておいた。捕えたな?」

これは、舟で転をともなった武士の声音であった。

「こちらへは、参らなかったが……」

転は、とぼけた。

「そんな筈はない!」

一人が、烈しい語気で、叫んだ。

「逃路はひとつ、その墓地あるのみだ」

「わたしは、会わなかった」

「言うな！」

やはり、転を加えたのは失敗であったという悔いが、いずれの胸中にも沸いたようであった。

五個の黒影が、音もなく、闘いの陣形にひらいた。

「討つ、というのか？」

転は、ふと、わらった。

いったい、自分は、何をしているのか——と、自嘲が来たのである。

美作守に、清姫暗殺を断念してもらう条件で、今夜の助力を引受け乍ら、見も知らぬ敵の首領が女性と判るや、ふっと慈悲心を催して、遁してやった。おかげで、おのれ自身の生命が、死地に置かれることになった。

えらばれた使い手揃いを対手にして、死地を脱するのは不可能に近い。

自ら望んで、死を招いたにひとしい。

おのれの無駄な生きかたを、嗤っていいのである。

美作守に向っては、好むと好まざるとに拘らず、「大奥帖」と「天皇帖」を二帖とも、わが手に入れるのが、与えられた仕事となり、そこにひそむ秘密の巨大さも測っている、と高言したのであったが、思えば、その仕事に対して、血を燃やしている次第ではなかった。

おのが若さと力を、あらんかぎりに奮って、ぶっつかるには、あまりにも、漠然とした対象であった。転には、幕政の矛盾に対して、天下改革の大志を抱き、蹶起して獅子吼する情熱は、なかった。隠密の「地の七」として、青春を暗黒裡にすごした身は、宿命というものに抗しがたいとする無常感を払いすてることはできなかった。その意味に於て、地獄から抜け出て自ら手にした自由は、かえって、魂の中に虚無を見る結果をもたらしている、といえた。

奔泉のごとく、肺腑から、生きる叫びを迸しらせたい欲求を抱き乍ら、その日その時がうつろなままに、今日まですごして来た転であった。

いま――。

刀を抜くにあたっても、人を斬るむなしさ以外に、何があるというのか。

たじろがぬのは、ただ、斬らねば斬られるからであった。

五剣が、静かにそそぐ月光を撥ねて、上段に、八相に、青眼に、ぴたっと構えられるや、転は、すうっと三尺あまり、後へ滑って、差料を鞘から抜きとって、下段につけた。

「地の七」の剣が、魔力ともいえるおそるべき迅業を備えていることは、すでにあまりにも知れわたっている。

五士は、容易に、問合を詰められなかった。

幾分を、かぞえたろう。

右端の士が、ようやく動いて、じりっと迫った。

つづいて、正面の士が、すうっと、刀を中段から上段に移した。

潮合は、きわまった。

「とおっ」

満身からの気合を虚空につんざいて、目にとまらぬ一撃が、正面から来た。

転は、身を沈めざま、すりあげに、躍って来た敵影の胴を、正確に薙ぎ——その飛閃をそのまま、右端の敵に向って送り込んだ。

正面の士は、五体を斜めに延ばして、さしのべた刀身を目で追いつつ、それなり、撞(どう)っと地ひびきたてた——。

右端の士は、突如として、一線を引いて襲って来た転の速刃を、打ち払ういとまもなく、咽喉をぞんぶんに断たれて、噴水のように、びゅっと血噴かせていた。

一瞬にして、二名を殪した転は、構えを、元にかえして、微動もせぬ。

残り三士もまた、味方の仆れたのも知らぬげに、不動をつづける。

次の闘いがあるまでに、さらに幾分間かの、固着状態があった。

転が、誘って、つと、半歩すり出た――刹那。

「かっ！」

飛鳥の迅速をみせて、一人が、左端から、斬り込んで来た。

半身に躱した転の耳もとを、刃風が唸りすぎた。

その太刀は、勢いそのままに、転が後楯としていた墓碑へ、打ち込んで二つに折れた。

両手がしびれて、柄をはなした時、はじめて、おのれが、胸を両断されているのに気づいたように、徐々に、首を垂れ、膝を折って、のめり込んだ。

転は、三度同じ構えに戻って、燠火のように、殺意をひそめた双眸に、月光を吸わせていたが、不意に、

「参るっ！」

高く、叫んだ。

決して、自ら生命をすてたわけではなかった。

残った二士が、おそらく、撃って来ることはあるまい、と思ったのである。

このまま、半刻も、もしかすれば一刻も、対峙をつづけることが、転には、面倒だった。

すっすす……と、切先を地摺らせて、転が、進むや、敵方は、同じ距離を後退した。

一刀流極意に、いう。

「敵の事を以て、我事とし、敵の利を以て、我利とす」

また――、

「術は、負くる所、勝たざる所を知るべし。負くる所というは、まず勝つ所なり。勝たざる所というは、敵の能く守る所なり。その負くる所われに有り、勝たざる所、敵に在り。……勝ちて負くる所を知り、負けて勝つ所を知るは、術の達者なり」と。

二士は、これをさとって、転の進むにつれて、退ったのである。

転の心中に、ほんのわずか乍ら、あせりが生じた。

それが、大上段にとらせることになった。

「いかに！」

凛乎として、叫んだ。

瞬間、敵影は、さっと、左右にわかれた。

右者は、左旋刀を——。

左者は、右転刀を——。

構えを、そう変えた。

これは、元来、馬上剣である。この技法を、地上相対峙のたたかいにえらんだのは、転の迅業を防ぎつつ、斬りかえす妙があったからである。

——やむなし！

転は、ツツツ……と、両者の間へ、走り入った。

刹那——左旋右転の二条の白光が、転の血を欲して、飛来した。

どう躱し、どう反撃したか。

転は、われにかえった時、衂れた白刃を杖にして、わが身を立てていた。立っていることが奇蹟のように思われた。

左の肩から背にかけて、灼けつくような疼痛があった。深手と知った。

敵は、二名とも、地上に俯伏していた。

その十七

同じ夜――更けて。

松平中務少輔直元は、居室で、几(つくえ)に向って、一書をしたため了えていた。

清姫失踪以来、片時も念頭をはなれなかったことを、愈々実行に移そうと決意したのである。

家督を異母弟直正にゆずり、自分は市井(しせい)に降りて一介の浪人となって、清姫の行方をつきとめて、これを斬る。

几からはなれて、なんとなく居室を見まわしてから、直元は、

――さらば！

誰へとなく、心で、別れを告げた。

壺庭へ忍び出て、植込みをつたって行くうちに、

――房之進にだけは、会っておくべきであろう。

と思いかえした。

表長屋へ来て、その門をくぐり、庭へまわった。

雨戸は閉ざされて居らず、書院の障子は、灯を映していた。

来客らしかった。

直元は、そっと、縁側へ近づいた。

あるじと対坐しているのは、闇斎であった。深川の木場から、まっすぐに、ここをおとずれたものに相違ない。

報せたいことがある、ときり出しておいて、闇斎は、わざと、別の話題をえらんで、しばらく、つづけていた。

房之進は、闇斎の様子を注意ぶかく見戍り乍ら、

「闇斎、今夜のおぬしは、別人のように若々しゅう見えるが、どうした?」

と、訊ねた。

「若々しゅう?　……ははは、いつもの無風亭じゃ。かわりはない」

「いや、ちがうぞ。どことなく、ちがう！」

房之進が、押しつけるように言うと、闇斎は、ちょっと、天井を仰いで、言うべきか言うべきでないか、迷っている風であったが、さりげなく、

「お許は、中御門家の息女で、織江という気丈の上﨟について、ご存じか？」

「中御門家？　……おう、将軍家を蹴って、行方をくらました女性じゃな」

「うむ。天下に、御台所の地位を拒む女子がいたとは、たのもしかろう」

「その女性が、いかがいたした」

「今宵、会うて来た」

「会うて来た⁉　何処で？」

「深川の木場にある古寺でな」

「江戸に住んで居るのか」

「いや、そうではないが……」

闇斎は、ちょっと、言葉を切って、楽茶碗をとりあげた。

「お許は、正月に、わしにむかって、駿足長阪を思うの志がないとは言わせぬ、と申していたな」

「孤掌は鳴らし難し、とにげ居ったぞ」

「実は――ある！」

「さてこそ！　……おぬしと、その女性と、何かの密約があると申すのじゃな」

「目下のところは、ないが……、将来はわからぬ」

「きかせい」

「姫君は、幕府覆滅の大志を抱いている」

「なんと――？」

房之進は、目を剝いた。

「それは、まことか」

「うむ。毘沙門党なる一団を率いてな。……いずれも、尾羽打ち枯らした浪人どもじゃが、気魄もあるし腕も立つ。但し、このたび、江戸へ、姫に随行した面々は、今夜のうちに、全滅した」

「ど、どうして――？」

「永井美作守の下知によって、庭番が襲撃した」

「ほう！」

「姫君には、遁れるようにすすめておいたが……運のつよいお方ゆえ、むざとは、捕えられまい」

「闇斎、報せる件というのは、そのことか？」

「いや。これは、余談だ」

「余談！　余談とは――」

「そうきいておいてくれい」

「歯に衣をきせた申し条ではないか」

「かよわい女性の中にも、幕府に、堂々と太刀向う勇気を持っている人もある。松平侯が、永井美作守などの手玉にとられてはなるまい、ということだ」

「忠告か皮肉か」

「いずれとも受けとるがよい。……で、報せたいのは、清姫君の行方じゃが――」

「お――何処に？　やはり、夢殿転が、かくまって居った？」

「いや。清姫君は、おひとりで、渋谷八幡下にある火消人足長屋に、住んで居られた。そこまでつきとめたが、わしが、おとずれた時は、ひと足おくれた」

「……？」

「拉致されたあとであった」

「拉致！　何者じゃ！」

「わからぬ」

「見当がつかぬ?」

「これは、臆測にすぎぬが……」

闇斎は、重く沈んだ口調で、言った。

「なぐさんで、遊里へ売りとばすこんたんを抱いた破落戸(ごろつき)どもの仕業でないとすると、当然、清姫君の口から、ある秘密をきき出そうとする者の仕業であろう」

「秘密! それは、三年前の、あの一埒(らっ)のことか?」

「ま——左様だな」

「すると——?」

房之進は、窪目を、ぎろっと光らせた。

「薩摩屋敷」

闇斎は、ずばりと、言い当てた。

「うむ!」

房之進は、合点した。

「姫様は、薩摩屋敷にとらわれたか!」

同じ驚愕の呻きを、胸中であげたのは、庭にひそむ直元であった。

直元は、街へ出た。

あてもない足どりで、広い往還をひろって行き、やがて、河岸道へ出た。

――姫が、薩摩屋敷にいる！

これは大きな衝撃であった。

公儀さえも、その内を窺知することの叶わぬ島津藩邸であった。

孤身をもって、そこへ忍び入るのは、不可能であろう。

しかし、居処が判ったからには、拱手してはいられなかった。

直元は、焦燥しつつ、どうしていいかわからなかった。

「ちょいと――」

手拭を吹き流した夜鷹が、鼠啼きした。

「寄って行かっし、若いかた」

直元は、一瞥をくれたが、何の意味か受けとれずに、行き過ぎようとした。

下駄を鳴らして、小走りに寄って来た夜鷹は、直元の袖をとらえた。

「上つかたも、たまには、むしろ小屋の味もお知りなね」

直元は、ぱっと袖をはらった。

夜鷹は、よろけ、臀もちをつくと、

「ちょっ！　佳い男ぶるない！　なんだい、さむらいと虱が怕くって、江戸のどまん中に住めるかい。唐変木野郎！」

と、罵った。

思わず、刀の柄へ、右手をかけて、直元は、ふりかえった。

夜鷹は、大袈裟に悲鳴をあげて、ころがるように、逃げ出した。

――こんな恥辱も、姫のせいだ！

直元は、心で、叫ばずにはいられなかった。

夜明けが近いのであろう。大川の流れが、逆波をたてて、潮を上げているのが、はっきりとわかった。

その十八

朝陽が、靄を透してさしそめた頃あい――。

江戸の朝は、早い。武家屋敷はもとより、町家でも、もうこの時刻には、おもての道に水を打って、塵ひとつとどめず、綺麗に、箒目をつけておくならわしであった。

当時は、広い往還は、武家や旅立ちの人が通るので、特にきよめておいた。けがれを持つ者や穢(きたな)い身なりの者たちは、朝のうちは、遠慮して、裏道へ避けたものであった。

仙台堀に沿うた通り――伊勢崎町は、大店がならんでいて、大戸が開かれると同時に、丁稚(でっち)がとび出て来て、あっという間に、路上を美しく化粧して、朝陽を迎えていた。

道具箱をかついだ大工らしい職人が三人、足なみをそろえて、とある横丁から現われた。

「天気は上々、仕事も上々、昨夜の吉原の首尾が、大吉と出てやがるんだ」

「ほっ、てめえの敵娼(あいかた)は、河童の文身(いれずみ)してやがったろう」

「そうよ。一夜限りは水くさい、河童ずかしくはあるけれど、乙女心を想い出す、ってな、へへ、あとは長唄だあ。

宵は待ち、そして、うらみて、あかつきに、別れの鳥とみな人の、にくまれぐちな、アレ泣くわいな、きかせともなき耳に手も、鐘は上野か浅草か、どうだ、そねめ、そねめ」

「置きやがれ、かわうその化けたようなしろものを抱きやがって——口説なんざ、かわうそ、うそ、うそ、うその皮だ」

「おっと、うその皮で、起誓が書けるけえ。ちゃあんと、この腹掛けにしまってあらあ。一筆しめし、参らせそろ、夢の通い路、人目に立たぬ、しかし浮名は寝言から、ほんに、約束たがえずに、はよう会いに来てたもれ、あらあら、かしく、下腹しくしく、撫でて欲しゅうあるわいな」

　この時——。

　むこうから、よろめき乍ら、歩いて来た一人の浪人者に、一人が、うっかり、どしんとぶつかった。

　浪人者は、そのまま、地べたへ膝をつき、片手でささえつつ、うなだれた。

　職人たちは、愕っとなった。

　その肩が裂けて、血潮が滲んでいた。

「ちょっ、朝っぱらから縁起でもねえ。手負うていやがる」

「どだい、往来をうろつけるざまじゃねえじゃねえか」

「かわうそなら、さっさと、堀の中へとび込んでもらおうぜ」

罵られるにまかせて、しばらくは、顔も擡げられない苦痛のていであった。

夢殿転は、木場の材木の蔭で夜を明して、隠れ家へ戻るべく、歩いて来たのだが、自身がはかった以上に傷が深いのがわかってきたのである。

――のたれ死にをするのか、ここで……。

疼痛に堪え乍ら、自嘲した。

――いや、おれは、死なぬ！

転は、立ち上った。

気力が尽きる瞬間が死である。気力の量を、死魔とのたたかいに賭けてみるのも、孤独な男の生けるあかしをたてる方法なのであろうか。

一歩……よろり、とふみ出したとたん、すうっと意識が遠のこうとした。

――くそ！

歯をくいしばって、堪えようとした転は、うしろから、誰かがからだをささえてくれるのを知った。

狭い、ごみごみした裏店の一郭も、種々雑多な物音が、ふっと歇んで、嘘のような静寂にかえるひとときがある。

猫の額ほどの庭の樹で、思いがけなく、鶯が、啼くのをきいて、部屋に坐っている女は、

——おや？

と、目を移した。

それまで、頤（あご）を、襟もとにうずめて、深い想いに沈んでいたのである。

伊丹屋のわすれがたみ——お仙という女であった。

次の間には、転が昏々として睡っていた。

どうして、わが家へつれて来たのか——じぶんで、じぶんの料簡が、お仙には、わからないでいる。

転が、材木の蔭から立つのを、戻りかけたお仙は見かけて、手負うているとみとめるや、その後を、ずっと尾けたのである。

もう、父の仇を討とうという気持は抱いていなかった。

——どこへ帰るのだろう？

意識は、それだけ動いたばかりであった。

転が、職人につきあたって、地べたへ崩れる惨めな有様を見て、お仙は、急に、助ける気になったのである。

どこかの医者へつれて行って、たのんでおけばよかったのだ。わざわざ、わが家へかつぎ込むことはなかったのだ。

父を殺した男を、看護してやる必要が、どこにあろうか。

烈しくじぶんを責め乍ら(なが)も、一方では、しかたがなかったのだ、と弁解している。

左様――。

お仙の脳裡には、昨夜、木場で転と交した会話が、のこっていた。

どうして、隠密でもないのに、生命をなげ出す役を買って出たのだ、というお仙の問に対して、

「惚れた女のいのちを救うためだ」

それが、返辞だったのである。

これは、お仙にとって、意外な言葉だった。隠密という特別な職務に就いていた武士が、よもや、このような人間くさい心を抱いていようとは、想像外であった。

お仙が惚れていた庭番も、決して、お仙に対して、「お前が好きだ」とは、言ってく

れなかったし、女のために生命をなげ出すような男ではなかったのである。

転が、もし、あの言葉を吐かなかったならば、お仙は、決して、転を助けはしなかったろうし、まして、この家へつれて来はしなかったであろう。

「……あたしゃ、こういう女さ」

じぶんに言いきかせて、お仙は、様子を見るために、立ち上って、襖を開いた。

——熱があるのだ。

寝顔を一瞥して、それに気がついて、お仙は、急いで、台所へ行って、桶に水を汲み、手拭をひやした。

その額へ、しぼったのを、そっとあててやった時、転は、目蓋を閉じたまま、

「なぜ、わたしを救ってくれた？」

と、訊ねた。

すでに意識をとりもどしていたのである。

「……」

お仙は、じっと、血の気の引いた寝顔を瞶めた。

「親の敵を、どうして救った？」

「さあ――」

お仙は、わざと冷たい口調でひとごとのようにこたえた。

「気まぐれ――でござんしょうよ」

「気まぐれ――そうか、気まぐれか」

転は、薄目をひらいて、汚染(しみ)の散った天井を仰いだ。

「ここは、お前のすまいだな」

「あい――」

「気まぐれで、わたしを、ここにつれて来たのか？」

「旦那！」

お仙は、厳しい口調になると、

「まるで、助けたあたしを、さげすんでおいでになるようでござんすね」

「わたしには、女の心がわからぬ」

「わからなくて、幸せでござんすよ。男に、女の心が読めたら、女は、ますますふしあわせになるばかりなんだ」

「女には、男の心が読めるのか？」

「読めませんね。読めないから、男には、都合がいいのじゃありませんか。女は惚れちまうと、男のなにもかも、みんなよくなっちまうんです。あたしが惚れた男だって、実は、薄情者だったんです」

お仙は、なげ出すように言った。

「旦那、貴方の惚れなすったあいてだって、旦那を薄情者と思い乍ら、ゆるしてしまっているのかも知れませんよ」

「そうかも知れぬ。おれは、薄情者であった」

「どんなおひとなんです」

「将軍家の息女だ」

「え——?」

お仙は耳を疑った。

「ほ、ほんとですか?」

「お前に、嘘をついても、はじまるまい」

「……」

お仙の眸子には、転の顔が、にわかに、別の光で照らされたように、映った。

その十九

畳を敷けば、二百畳はあるだろう。だだ広い道場であった。

天井も柱も、黒光りがしていて、これはおそらく、江戸開府の頃からの建物かとおぼしい。床板と羽目板が新しいのは、この道場の稽古の烈しさを意味しているのであろう。

ついさきほどまで、武者窓から注ぎ入っていた夕陽も、引いて、宵闇が、隅々にこもりはじめていた。

奇怪な観ものが、道場の中央にころがされていた。

全裸の若い男女が、向い合せに抱き交させられて、ぎりぎりにしばりあげられていたのである。

男は、二階堂庄之助であり、女は、加枝であった。

前夜、御切手町の沼のほとりにある夢殿転の隠れ家をたずねて行って、突如、襲撃されて、当て落され、意識をとりもどした時には、この道場にころがされていた。

二人を引き据えておいて、糾問したのは、風貌も体格も堂々とした立派な人物であった。これは、清姫を拉致して来て、糾問した武士と同一人であった。

　まず、庄之助に向って、

「夢殿転をたずねた理由は、何であったか？」

　と、問うた。

　庄之助は、睨みかえしたまま、こたえなかった。

「憤死した父親が、何か重大な秘密の書付を遺していた。そのことを、夢殿転に、教えに行ったのではないか」

「……」

「口を割らせる手段は、いくらもある。しかし、元服前の少年に悲鳴をあげさせるのは大人気ない。正直に白状いたせば、家門にも身にも、傷のつかぬようにとりはからうし、のぞみによっては、一生を気ままに暮せるように考慮もする」

　ものしずかな語調であったが、こちらの反抗次第では、たちまち、凄じい怒号に変える気配をひそめているのを、庄之助は、敏感に察知したのであった。

　庄之助は、臆せずに、

「元日の朝、鎌倉由比ヶ浜にて、和久田総三郎の嫡子に襲撃された際、たまたまたずねて参られた夢殿転殿の助けを仰いで、難をまぬがれ申した。その礼を述べるべく、おたずねいたしたまでのこと。無益な糾問と存ずる」

　きっぱりと、はねかえした。

「余人なれば、その口上で詐れよう。このわしは、だまされぬぞ」

　対手は、にやりとしてみせたが、すぐには責めようとせず、こんどは、加枝を見やって、

「黙兵衛と称するそなたの伯父のことじゃが、夢殿転と、如何なる密約をむすんで、夜な夜な、家を空けるか、存じて居るか？」

と、問うた。

　加枝は、知るべくもなかった。

「知らねばそれでよい。……しかし、伯父が、ただの町人ではなく、忍びの術を修得した曲者であることは、知らぬとは言わせぬ。伯父が、曽て、何処の大名に内密に仕えていたか、きかせい」

　促されたが、加枝は、かぼそい声で、

「存じませぬ」と否定せざるを得なかった。

武士は、庄之助と加枝を見くらべて、

「二人とも、強情だな。では、思い出すまでの暫くの猶予をくれよう。とくと、相談しやすいようにいたしてつかわす」

そう言いのこして、奥へ消えたのであった。

そして——。

庄之助と加枝が、くわえられた恥辱がこれであった。

ともに、一糸まとわぬ素裸に、ひき剝かれて、ぴったりと抱き合されて、頸から足くびまで、くまなく、縄をかけられたのであった。

半刻のあいだに、二人が、苦心して動かしたのは、顔だけであった。唇さえも合させられて、動かぬようにされていたのである。

庄之助の右手は胴へ、左手は臀部へまわさせられていたし、加枝の双手は頸に巻きつけてあった。

若い二人にとって、これ以上の恥辱はなかった。

これは、意識を喪っているうちに、されたことであった。

われにかえった時、庄之助も加枝も、あまりのはずかしさで、

——死にたい！

と、のぞんだ。

だが……。

見棄てられたまま、時刻を移して行くうちに、二人は——いや、すくなくとも、庄之助の胸中では、微妙な変化が起っていた。

若い女性とは、いまだ永い時間、言葉を交したこともない少年が、白い柔軟な肌をぴったりとかかえて、恐怖と羞恥でおののくあわれさを、じかに、つたえられているうちに、男の本能に目ざめたとしても、当然のことである。

からだをはなすことは、不可能なかわりに、つよく押しつけることは、いくらでもなし得るのであった。

一瞬——。

庄之助は、突如として沸きたって来た血のさわぎを制しきれず、思わず、双腕に力をこめた。

加枝の裸身が、はげしい反応をしめして、おののいた。

「ゆ、ゆるされい！」

庄之助は、ささやいた。

「……い、いえ！」

加枝は、こたえた。

「この恥辱、か、かならず、後日、彼奴へ、むくいてやる——」

「……」

「が、がまんされるがよい」

「は、はい」

庄之助は、さらに、一層つよく、加枝を抱きしめた。

その時。

「どうじゃな、若者よ——」

皮肉な声音が降って来て、庄之助の四肢は硬直した。

「きれいな女体をかき抱くうちに、男子の冥利というものをおぼえたかな？　……左様さな、こうしてかき抱いたからには、生涯かき抱きつづけねばならぬ、と純情な意志をたてるのもよかろう」

「き、斬れいっ！」

庄之助は、絶叫した。

「なかなか、どうして——生きて居れば、天下晴れて、そうやって、女体を抱けるのじゃ。死に急ぎをいたすまい。二階堂庄之助、のぞみとあれば、五日が十日でも、抱かせつづけさせるぞ！」

あとの言葉には、凄味のあるひびきがこめられた。

その二十

一日、雲ひとつなく晴れて、静かに昏れて来た宵であった。

春はもうすぐにそこに来たと感じられるあたたかさであったが、月が昇って来た時刻には、急に寒気がもどって、往来の人影の動きも速くなっていた。

町家をはなれて、雑木林や畠のつづいている——江戸の外へ出たことをはっきりと示してくれる追分の、このあたりは、もう、その人影さえも絶えていた。

雑木林の中から、身を起して、往還へ出て来た人影があった。

むかい側に、高い築地塀をめぐらした宏壮な大名屋敷へ、じっと目をあてて、しばらく、動かなかった。

松平中務少輔直元であった。

――この中に清姫がいる！

いまは、それが確信となっていた。

三田にある薩摩屋敷にとじこめられている、とはじめは考えて、忍び入ることが不可能に近いわざである当惑に陥っていたのだが、藩主が、つい数日前に出府して来たことに思いあたって、

――ちがう！

と、さとった。

藩主が戻ったあわただしい上屋敷内に、清姫がつれ込まれる筈がない。

直元は、薩藩が、最近、追分に、あらたに下屋敷を設けたのに気がついて、

――そこだ！

と、頷いたのであった。

直元は、午後のうちに、やって来て、雑木林の中にひそむと、人の出入りを窺った。

二挺の駕籠が、しのびやかに、かつぎ込まれたほかは、ついに、人の出入りはなかった。

藩主が出府して来たとなれば、当然、この下屋敷も、人の出入りは、あわただしくなって来るのが、当然であろう。それが絶えて、ないのは、この下屋敷が、何かほかの目的をもって構えられたと、看做（みな）してもよいのであった。

夜に入ってみると――。

鬱然とこもらせた樹々の、そよともせぬ葉に、冷たい月かげが宿って、いかにも、内部の秘密を、そのあたりにまで暗示しているかのようであった。まことに、寂寛は、深い。

直元は、いよいよ侵入する肚をきめて、塀に沿うて歩き乍（なが）ら、手ごろの枝を物色した。

と――。

月あかりに、黒い影が、塀の上へ、躍り出るのをみとめて、直元は、水を流している溝を跳んで、塀の壁へ、ぴたっと身を寄せた。

黒い影は、すばやく、外の様子を窺うと、ひらっと、往還上へ、飛び降りた。

顔から手拭をはずし、裾をおろして、町人の姿にかえると、何事もなかった風に、すたすたと歩き出そうとした。

「待て！」

鋭く呼びとめて、直元は、その背後へ出た。

町人は咄嗟に逃げる構えだけはとったが、度胸のあるゆっくりとした首のまわしかたをしめした。

「……」

無言で、じっと、見かえして来た。

「貴様は、盗賊か?」

直元は、場合によっては、峰打ちをくれるべく、刀の刳形へ左手をかけ乍ら、一歩迫った。

「べつに――」

町人は、かぶりをふった。

「盗賊でない者が、何故にかような不埒な振舞いをいたす?」

直元が、さらに、一歩を詰めた時、対手は、急に、態度を変えて、

「松平のお殿様――でございますね」

と、言いあてた。

これは、直元の方で、愕然とさせられたことだった。

「存じ上げて居りまする」

対手は、身分の高い者に対する敬意をはらいつつも、聊か(いささか)の卑下も交えず、

「とうとう、家出をなされたか」

と、呟いた。

「貴様、何者だ」

「敵でもなければ、味方でもございませぬ。……いや、もしかすれば、お殿様にとっては、邪魔な奴かも知れませせぬ」

「存念を申せ」

「清姫様を、こちらに頂戴いたしたいと存じて居る人間でございます」

「なんだ？　……貴様は、姫が、この屋敷にとらわれているのをたしかめに、忍び入ったのか？」

「左様でございます」

「たしかに、とらわれて居るのだな？」

「見とどけて参りました」

直元は、全身の血が、一時に、たぎるのをおぼえた。

「貴様は、誰にたのまれて、清姫を奪おうといたして居る？」

「誰にたのまれたのでもございませぬ。姫様の御不運を見るにしのびず……」

「黙れ！　かくしだてをいたすな！」

「かくしだてをいたしているわけではございませぬ……。御無礼を顧みずに申上げますなれば、お殿様は、もう清姫様をおあきらめなさいますのが、およろしいのではないか、と……」

「うぬら、盗賊ずれに、指図は受けぬ！」

「左様でございますか。では、勝手に、おやり下さいまし」

一礼しておいて、すっと離れて行こうとした。

「待て！　姫は、この屋敷のどこにとらわれて居る？」

「忍び込んで、会おうと仰せられます？」

「そうじゃ」

「お止しなさいまし。お殿様おひとりの力では、とてものことに、およぶものではございませぬ」

「貴様、案内せい」

「ご辞退申上げます。お殿様は、姫様を、刀にかけるお覚悟でございましょう。てまえは、姫様をお救い申上げようと企てている男でございます」

「案内せいっ！」

直元は、抜打ちの気勢をしめした。

町人——黙兵衛は、脅されて、ビクともするものではなかったが、その瞬間、ふっと、ひとつの直感が、脳裡を掠めて、

「よろしゅうございます」

と、頷いてみせた。

「御案内申上げます」

その二十一

築地を乗り越えて、常磐木の木立の中に立った時、

——これは広い！

と、直元は、感じた。

わが上屋敷の数倍はあろう。

立っている場所は、森林の奥深さである。どちらを向いても、樹木のほかには、何も見えなかった。

「まっすぐに、お歩きなさいまし」

黙兵衛に促されて、直元は、杣径（そまみち）ともいえる道をふみ出した。

およそ、二町も辿ったであろうか、林を抜け出た。流れに行きあたり、ゆたかな水が、月明りに樹々の枝影を映して、せせらぎの音をたてていた。

しゃれた土橋を渡ると、道は、坂になっていた。

熊笹がしげり、立木はひくい灌木であった。ところどころ、巨きな松が、見事な枝ぶりを、夜空にひろげていた。

直元は、ふりかえって、

「この屋敷は、何の目的で設けられたか、その方は、存じているか？」

「さあ？　よくは存じませぬ。たぶん、薩摩様らしい、天下第一の大大名ぶりを誇示なさるためでございましょうな」

とぼけた口調で、黙兵衛は、こたえた。

丘陵の頂きに立つと、さえぎるものなくひろがった空に、早春の月が冴えて、地上をくまなく照らし出していた。

直元の眼下にひらけたあたらしい展望は、想像以上に宏大なものであった。

庭園とはいえないくらい、視界をはみ出す景色であった。島とも見える築山を置いた大きな池が中心になっていた。岬も出ている。砂浜もつくられてある。

島に架けられた太鼓橋が、くろぐろと、夜霧に虹を描いている。

「お殿様――」

背後から、黙兵衛が、教えた。

「あの御殿の右手に、土蔵のような建物がございますね」

「うむ――」

「あの中でございます」

――よし！

一歩ふみ出した瞬間から、直元は、闘志を全身にみなぎらせ、おそれを知らぬ者となった。

池畔に降り立った時、不意に、岸辺の石の上から、水鳥が、羽音たかく、水面へ散った。

しーんと寂寞をたもっていた世界に起ったあわただしい動きが、直元の心身をいちだんとひきしめた。

大名たる身が、同じ大名の屋敷内に忍び入ったことに、悲壮感があった。

岸辺をまわると、庭をふたつに割る壁塀があった。それに沿うて歩き、萱門につきあたった。

桟唐戸（さんからど）式の扉は、押すと左右に開いた。

すっと、入ったとたん――。

「誰か！」

左方の闇の中から、声がかかった。

直元は、黙って、立ったなりだった。

六尺棒をかかえた夜番が二人、急ぎ足に近づいて来た。

瞬間――直元は、地を蹴って、躍るや、抜打ちに、一刀をあびせた。

手ごたえよりも、その絶鳴の高さが、直元を身顫いさせた。

生き残った方が、向って来ないで、逃げ出そうとするのを、やらじと、奔（はし）って、

「ええいっ！」

と、背を断ち割った。

ひと息ついて、振りかえった直元は、いつの間にか、案内者の姿がかき消えているのを知った。

呼んでみたが、返辞はなかった。

直元は、その建物へ向って、疾駆した。

しかし、ものの十間と行かぬうちに、とび出して来た武士たちに、包囲されてしまった。

遠く、御殿の広縁から、

「生捕れい！」

下知が、あった。

刃を上にして、じりじりと包囲の輪をせばめて来た武士たちは、いずれも、えりすぐられた使い手であった。

直元が、しばらくの間の、死にもの狂いの抵抗は、対手がたを、愉しませる結果となった。

「ほう――松平中務少輔殿が、単身で当邸へ斬り込まれたか」

高手小手に縛りあげられて、ひき据えられた一室へ、のそりと立ち現われた大兵の武士は、皮肉な微笑を浮かべた。

清姫を拉致して糾問し、また、二階堂庄之助と加枝を素裸に剝き、抱き合せて縄をかけた人物であった。

島津藩定府・側頭役梶豪右衛門というのが、その正体であった。江戸家老も一目置いている。剃刀のように切れる頭脳の持主であった。

直元は、頭を擡げて、睨みかえし、

「清姫を捕えて、この屋敷に監禁いたして居ろう？」

と、言った。

「いかにも、左様でござる」

梶豪右衛門は、平然として肯定してみせた。

「如何なる企てがあってのことか？」

「囚徒におきかせいたす儀ではござるまい」

「清姫は、わしの妻じゃ、妻を奪われて、黙って、引きさがって居れようか！」

「妻とは名目のみ。肌身ゆるさぬ姫君に対して、貴方様は、逆上なされて、一夜、無体におよばれ、姫君の失踪と相成った、とききおよびますぞ」

おそるべき敵、といえた。こちらの所業を、ちゃんと知っていたのである。

直元は、蒼白な顔面に、屈辱の色を滲ませて、

「姫をかえせ！」

と、絶叫した。

「かえしたら、どうなさる？　斬りすてられるのか？」

「何といいたそうとも、勝手だ！」

「松平様――」

梶豪右衛門は、語気をあらためて、

「公儀において、松平家をとりつぶす密談があったのを、貴方様は、ご存じでありましょうな」

「……」

「清姫様の御輿入れも、その陰謀を目的とする公儀のはからいであった、と申せますぞ。いわば、貴方様は、公儀によって、じわじわと、真綿で頸を締められておいであそ

ばした」

「……」

「まことにご不運なお方と存じます！」

「わしは、家をすてた！」

直元は、叫んだ。

「姫をかえせ！　この手で、斬る！」

「家中何千かの生命をあずかるおん身が、短慮は禁物」

「うぬ！　おのれらずらに、説法はされぬ。姫をかえせ！」

この折、あわただしく、廊下を走って来る跫音がきこえた。

「申上げます」

障子越しに、家臣が呼んだ。

「なんだ？　そこで、申せ」

「清姫君の姿が見当りませぬ」

「なに！」

「倉の高窓が破られ、見張り役二名ともに、絶命つかまつりました」

黙兵衛は、清姫を背負うて、夜道を、風のごとく奔った。

——してやったり！

近頃、これ程、この男を、痛快な思いにさせたことはない。

清姫がとじこめられた姿を、見とどけ乍ら、救い出すことの不可能な厳重な警戒ぶりに、あきらめて、いったん、ひきさがるべく、往還へ抜け出たところを、偶然にも、その夫君である中務少輔直元に誰何されたのは、思えば、天佑であった。

直元を捕えるために、警戒が崩れた。その隙をつかんで、清姫救出に成功したのである。

町中に入るや、人影の絶えた通りをえらんで、あっという間に、駆け抜けて、黙兵衛は、わが家へ戻りついた。

背中の清姫は、当ておとされたまま、まだ、死んだように、ぐったりとなっている。

それを、そっと、畳へ横たえてから、黙兵衛は、箱膳の上にのせられた加枝の書きおきを見つけた。

「うたたさまのところへ、にかいどうさまをおつれいたします」

黙兵衛は、一読して、不吉な予感をおぼえた。

――あの家には、窺う目が光っていた！

黙兵衛は、加枝が、いつ出て行ったのか、わからぬだけに、不安であった。

――加枝は、もしかすれば、おとといか、昨日、出て行ったのではないか？

もし、そうだとすれば、何者かの手でとりおさえられたことになる。

「まずいわい！」

一人を救い出してみれば、一人が拉致されているのであった。

その二十二

陽あしが長く延びて、十畳の部屋のなかばを明るく区切っていた。

梶豪右衛門は、その陽だまりの中で、帙（ちつ）を繙（ひもと）いていた。日誌であった。

二階堂庄之助が、ついに、白状したのである。わが家にあった亡父靫負（ゆきえ）の日誌を、夢殿転に手渡すべく、加枝をともなって、その隠れ家を尋ねて行き、梶の配下に襲撃されるや、咄嗟の機転で、押入の夜具の下にかくしておいたのであった。

庄之助の白状によって、それが、こうして、梶豪右衛門の手に入っていた。

柳営行事に関する靭負自身の鋭い意見が、具体的に、綿密に記された日誌であった。

公私ともに、おのが身を処することにきびしかった一徹な書院番組頭が、その日その時の柳営に於ける事柄に対して、思うままに、忿懣をぶちまけた内容であった。思うに、二階堂靭負にとって、この日誌を記すことが、唯一の人間的な作業であったに相違ない。

公儀の式法を守ることに、誰人よりも忠実であった三河譜代の旗本にも、幕府の矛盾や破綻は、堪え難かったに相違ない。

読み移り乍ら、梶豪右衛門は、しばしば、冷たい皮肉な微笑を浮かべた。

やがて――。

「大奥帖」並びに「天皇帖」に関する条目、という頁に出会って、豪右衛門の表情は、ひきしまった。

その時、広縁に、跫音がした。豪右衛門は、帙を閉ざした。

家臣の一人が、両手をつかえて、

「松平藩の江戸家老大久保房之進殿、只今御到着にございます」

豪右衛門が、使者をたてて、呼び寄せたのであった。

「通せ」

命じておいて、豪右衛門は、床の間の山水の掛物を上げて、その蔭の壁の一個処を押した。二尺四方ぐらいの部面が、強盗返し(がんどう)になっていて、暗い孔が、ぽっかりひらいた。日誌をその中にかくして、もと通りにしておいて、豪右衛門は、悠容たる足どりで広縁を歩いて行った。

すべては、自分の計画通りに、はこばれている——その満足が、胸にあった。せっかく、苦心の探索をして、拉致して来た清姫が、何者かに奪い去られてしまったことだけは、無念であった。しかしそのかわりに、松平中務少輔当人を、生捕ったのである。

書院に入った豪右衛門は、そこに異様に落ち窪んだ眼窩の底から、険しい光を放つ大久保房之進を見出すと、殊更に、寛容な表情をつくった。

型通りな挨拶をおわると、豪右衛門は、言った。

「昨夜、奇妙なことに、御当家の御主人に酷似の曲者が、侵入いたし、これをとらえると、あろうことか、自ら松平中務少輔であるとうそぶいて、はばからぬので、詐称の罪は軽からず、御当家へお引き渡して、すみやかにそっ首をお刎ねあるべし、と存じて、御足労をねがった次第でござる」

この用向きは、すでに、書面をもって、伝えられていたので、房之進は、鄭重に、好意を謝して、

「もとより、お引き渡し下さらば、主みずからの手によって、成敗つかまつる」

と、言った。

房之進は、内心では、名状し難い困惑で、われにもあらず、思慮を働かすすべもない状態であった。

主人が、屋敷をぬけ出して行ったのは、その夜のうちに判明して、直ちに、信頼の置ける近習十名ばかりを八方へ趨(はし)らせたのであった。家中にも、これは、絶対に秘密にしなければならぬ一大事であった。

思いもかけず、主人は、大胆不敵にも、薩摩藩の、この下屋敷へ、侵入していた。どうして、ここへ清姫がとじこめられているのを、主人が、知ったのか——その疑念は、来る途中で、はっと思いあたった。

自分と闇斎が交していた会話を、主人は、偶然、庭で聴きとったに相違ないのであ

る。

——なんたる無謀を！

房之進は、主人の若さにまかせての軽挙妄動に腹が立った。

——大名が、大名の屋敷へ忍び込んで、生捕られる。未曽有の恥辱ではないか！

「では、お引き渡し申そう」

いかにも、あっさりと言ってのけて、豪右衛門は、微笑した。

「忝けのうござる」

頭を下げ乍ら、房之進は、豪右衛門の次の言葉を、針の蓆に坐っている心地で、待ちかまえた。

はたして、

「ついては、少々お尋ね申したき儀があり申すが……」

と、来た。

「なんなりとも——」

房之進は、動揺を、面貌からかくして、見かえした。

「御簾中清姫様には、御失踪なされた——その事実ありと、ひそかに、ききおよび申す」

「……」

「何故の御失踪か、承りたい」

「家中の秘事なれば、お見逭し下されるよう――」

房之進は、対手が、脅して来たので、はじめて、度胸を据えた。

「お答えがなければ、敢えて、追求はつかまつらぬ。では、もうひとつ。清姫様御輿入れにあたり、公儀より、松平家へ、内密の申入れがあった筈。これは、如何？」

「いかにも、ござった。清姫様に、姫君御誕生のみぎりは、京の比丘尼御所へおつかわしになるべきこと」

「その比丘尼御所の名は？」

「そこまでは、それがし、ききおよび申さぬ」

「かくされて居るのではないか？」

豪右衛門は、一瞬、双眼を剝いて、睨んだ。

その二十三

房之進は、ひるまずに、じっと瞶めかえして、言った。

「御貴殿は、京の中御門家の息女で、織江という上臈についての知識がおありか？」

「む！」

唐突に、何を言い出すのか、と豪右衛門は緊張した。

「三年前、将軍家の御所望を拒絶して、比丘尼御所のうちの一箇寺へ、身をひそめられていた、とききおよび申す」

「……」

「その上臈が、今日、毘沙門党なる徒党を組織して、何事か、大きな企てを図って居る由。……御貴殿が、謀られて居る事と、あるいは、目的がひとつかも知れぬ、と推測つかまつる。当藩の秘事を探られるよりは、すみやかに、中御門家の息女をとりおさえられた方が、事を成すに捷径かと愚考つかまつるが……」

「相判った」

豪右衛門は、頷いた。

房之進には、主人を引き渡してもらうために、交換条件として、告げるべき言葉の用意があったのである。

「ついでにお訊き申しておこう。大久保殿は、そのことを、何者から、耳にお入れになったか?」

「無風亭闇斎と号する男でござる」

房之進は、躊躇なく、こたえた。

主家のためには、永年の知友をも裏切らねばならなかった。

この梶豪右衛門と闇斎は、まさに闘うにふさわしい猛虎同士ではなかろうか。

——両虎相与(とも)に闘いて、駑(ど)犬その弊(ついえ)を受く。

史記の中に、その言葉がある。

豪右衛門と闇斎が、倶仆(ともだお)れするならば、それは、房之進にとって、べつに不利とはならぬのである。

なろうことなら、闇斎に、豪右衛門を仆(たお)してもらいたいものであった。

……房之進は、無事に、主人直元を受けとることに成功した。

わずか三日間で、直元は、別人のように憔悴して、面相を険しいものにしていた。

房之進は、何も言わずに、玄関へ出ると、用意の駕籠をすすめた。

直元は、拒否して、歩いて、往還へ出た。

「房之進！」

前へ、暗く光る眸子を据えて、言った。

「姫は、あの屋敷の中にいたぞ！」

「ほう……やはり」

「ところが、わしが捕えられた時、姫は、倉の高窓を破って、逃亡いたした」

「おひとりでは、不可能でありましょう」

「手びきがあったに相違ない。わしには、そやつが、思い当る」

「何物でござる？」

「黙兵衛とか申した、盗賊だ」

「盗賊!?」

「姫を救い出す目的をもって、わしより一足さきに、屋敷内に忍び入り、単身では遂行し難い、と思ったのであろう、いったん、出て参ったところを、わしが、咎めて、案内いたさせた」

「されば、そやつは、殿を、敵手の中へ陥らせておいて、その騒ぎを利用して、姫様を救い出して、遁れ去った、と仰せられる」

「そうじゃ！」

「黙兵衛？　………ふむ！」

房之進は、首をかしげた。


この時刻、庄之助と加枝が素裸で抱き交させせられて、ぎりぎりにしばりあげられて、ころがされていたあのだだ広い道場に、ひとつの凄じい試合が展開していた。

中央に、うっそりと、木太刀を携げて立っているのは、白い頭巾で顔を包んだ、黒い着流しの浪人者であった。

頭巾の蔭の一眼は白濁していたし、その右袖は、腕を喪って、だらりと垂れていた。

十六夜十兵衛。

何処で、如何なる日々を過していたものか。生ける幽鬼は、なお、しぶとく、剣気を総身に漂わせて、健気であった。

何者の推挙によるのか、この屋敷にふらりと現われて、おのれの隻腕を高く売りつけたのである。

それが、どれだけの力があるのか――試合は、そのためであった。

十士が、木太刀に鋭気を罩めて、ひしひしと包囲していた。

十兵衛は、痩軀にくまなく、十士が放射する闘志をあびつつ、枯木のように、なんの反応もしめさずに、構えをえらぼうともしないのであった。

正面の士が、時おり、誘いの声を発して切先をぴくぴくっと急しく浮き沈みさせるのだが、十兵衛の隻眼は、遠く、武者窓のあたりへ投じられたまま、暗く沈んで動かぬ。

背面の士たちは、その鋭くとがった肩や、殺(そ)げた背中に、いまわしいものさえ覚えて、しだいに焦燥に駆られていた。

そうして、うっそりと佇(たたず)んで居り乍(なが)ら、どの部分にも、微塵の隙も見出せないのであった。

ついに――。

一人が、自ら十兵衛の初太刀の犠牲になる覚悟をきめて、

「やあっ!」

横あいから、打ち込んだ。

次の瞬間、他の士たちは、十兵衛が、必殺の太刀風を躱しもせずに、依然として、同じ姿勢で立っているのを、ふしぎなものに見た。

攻撃者は、あたかも、わざと十兵衛の眼前の空を搏ったごとく、そこへ、木太刀をさしのべて、打ち込んで延びきった構えのなりに、魔術をかけられたごとく、ぴたっと固着してしまっていた。

そして、その固着は数秒間もつづいた。

こうした場合、数秒間は、いかにも永いものに感じられた。

と——。

攻撃者は、かんまんに、構えを崩して、板の間へ、どさっと倒れ伏した。

その瞳孔はすでにひらき、ひきむすんだ唇の端から、一縷の血糸がつたい落ちた。

「それまで——」

上座から、重々しい声が、かかった。

梶豪右衛門であった。

九士が、木太刀を引いて、退っても、なお、十兵衛は、そのままの立姿を保っていた。

「十六夜十兵衛、と申されたな」

豪右衛門は、言いかけた。

十兵衛は、じろっと、豪右衛門へ、一瞥を送ってから、木太刀をすてた。

「のぞみは、いかほどかうかがおう」

豪右衛門は、促した。

「給金は、そちらで、きめて頂こう。……こちらは、一文にもならぬ辻斬りに倦きたまでのこと」

「ふむ」

豪右衛門は、剛腹に、にやりとした。

「但し」

十兵衛は、言い添えた。

「薩摩が天下を取ったあかつきは、一万石程度の大名には、とりたてて頂こうか」

「承知した」

「刺客の役目、今日のうちにも、命じて頂こう。なるべく、対手は大物がよい」

「当方も、おぬしには、それをたのもう。今夜、出向いてもらいたい」

「対手は？」

「無風亭闇斎と号する隠者だ」

その二十四

悪夢を見ていた。

どんな悪夢であったか、意識がもどった時には、忘却の彼方へおしやられていた。

転は、その悪夢が、胸の上に、自分のものでない手が置かれていたせいだ、とさとった。

お仙のものであった。

胸へ手を置いたまま、添い伏していた。

転は、そっと、その手をどけた。

とたんに、お仙は、はっと、目ざめて、顔をあげた。

「はずかしい。あたしとしたことが……」

なまめかしく、片手を、髪の乱れへあげて、笑った。

「お前のおかげで、夢を見た」

「え？　——どんな……」

「忘れた」

「あたしのせいでござんしたら、どうせ、ろくな夢じゃ、ござんすまい」

「そのようであった」

「いやだ。……はっきり仰言る」

お仙は、なぜだか、うきうきしているじぶんに気がついて、なんとはなしに、胸や膝の乱れをなおした。

しばらく、沈黙があってから、転は、天井を見上げ乍ら、ぽつりと言った。

「明日あたり、出て行かせてもらおう」

「……」

お仙は、息を引いて、転の蒼ざめた貌を見下した。

「厄介をかけた。父親の敵を、救って、看護してくれた。お礼の申しのべようもないことだ」

「旦那！」

お仙は、不意に、叫ぶように言った。

「あたしは、旦那が、好きになりました」

これは、この言葉が、口をついて出てから、じぶん自身でも、はっとなったことだった。

「ほんとうなんです。好きになってしまったんです！」

「……」

「旦那には、生命がけで惚れている公方様の御息女様がおいでになる。あたしなんかが、好きになったって、どうにもなりゃしない。わかっているんです。わかっているんですけど、好きになってしまったんです。……ばかだ、あたしは！」

お仙は、いきなり、転の胸へ、顔を伏せると、烈しく、身もだえした。

「……くっ！」

急に、お仙がひくく、のどの奥で呻いて、ぐったりとなった。

すがりつかれるにまかせて、じっと仰臥していた転が、一瞬、お仙の脾腹へこぶしを入れて、当て落したのである。

死んだようになったお仙のからだを、そっと押しのけた転は、夜具をはねて、起き上った。

肩の疼痛は、なお烈しく、つづいていた。

白い晒をまきつけたおのが裸身が、妙に佗しいものに眺められた。

——隠密の修業で鍛え、剣の業をつかう力を無尽蔵にたくわえていると、自惚れていたこのからだが……。

なんと、貧弱な、疲れ果てたものに思われることか。

何者かに慙じる気持で、転は、着物をまとい、刀を腰にすると、お仙の寝姿を見下した。

——ここにも、宿運に抗しきれずに、暗い流れに身をまかせた女がいる。

ふしぎな偶然であったが、転がこれまで出会った女性で、不運の影をひかぬ者は一人もいなかったのである。

——おれに会わなかったことにするがよい。夢の中で、記憶を忘れすててもらおう。

そっと、言いのこして、おもてへ出た。

夜も、三更をまわっていた。この裏店かいわいも、もうひっそりと、寝しずまっていて、路地を吹きぬける風の音ばかりが、鋭かった。

奴凧が檐（のき）にひっかかって、破れ紙をはためかせていた。

いくつかの路地を曲って、広い辻に出た。

——日本橋だったのか。

四方の小路から吹きぬけて来た風が、この辻であつまるらしく、転の袖や裾を、烈しくひきちぎるように、捲りあげ、あおった。

一歩、西へむかって、歩み出そうとして、転は、神経にふれてくる背後の人の気配に、——尾けられていたな。

はじめて、察知した。

尾け人が、あることが、転の足の向きをかえさせた。

転が、入って行ったのは、橋南詰の罪人晒し場の裏手にあたる居酒屋であった。

晒し場には、苫小屋が懸けられてあった。すなわち、晒し者がある証拠であった。

小屋の中に、筵を敷き、杭を打って、縛りつけてあるのだ。

前を行き過ぎて、裏手へまわろうとした時、小屋の中から、微かな唸り声がひびいて来た。

転が、縄暖簾(なわのれん)をくぐって、店の内へ入った時、酔った火消人足たちが、大声で嚙みあっていた。

「な、なにを、こきゃがる、べらぼうめ——。てめえら、なんにも、知らねえな。下紐を、湯文字だと思ってやがる。下紐と湯文字は、まるっきりの、こんこんちきに、ちがってらあ」

「どうちがうんだ。はやく、ぬかせ」

「述べ奉ってやるから、耳垢かっぽじって、ききやがれ。下紐ってえのは、亭主が戦場へ出て行く時に、女房に姦通させねえように、あそこンところを、ふんじばっておく紐だぞ。いいか……。わが妹子が、慕(しの)びにせよと着けし紐、糸になるとも、我は解かじとよ、って、万葉集に詠んであらあ。どうだ」

「いってえ、どんな紐だ？」

「そうよ。なにしろ、貞操をまもる紐だからの。三角形の綿布だ。そいつを、あそこへ、ぴったりあてがって、紐でくくりつけて、臍(へそ)んところで泥棒縛りに、むすぶのよ」

「……なら、月水受けと変りはねえやな」

「そうじゃねえ。紐は紐でも、紐がちがわあ。鋏なんぞで切れるような、なまやさしい代物じゃねえ」

「鋏で、パンティと切れるやつは、これを、章魚(たこ)釣りと申しはべらあ」

「てめえの嬶(かかあ)は、出臍だから、下紐をくりつけておくのに便利だの」

「やいっ、おれの嬶の出臍を、いつ、覗きやがった！」

「覗いたことはねえが、てめえの倅が言ったぞ。親爺が、嬶の出臍を、観世縒(こより)でくすぐって、よろこんでいるってな」

「こん、畜生っ！　おきゃがれ！」

「ところで、下紐の話は、どうなったい？」

「そこだ。万兵衛の野郎、万葉集など読んで、なまじ学がありゃがるものだから、嬶に下紐をくりつけて、お伊勢詣でに出かけやがった。戻ってみたら、その下紐をはずしていやがったから、かっと来た。ぶち殺そうとしたところを、実のお袋が、とめようとした。そのお袋の頭を、があんとやったから、もういけねえやな。親殺しの大罪で、あやって、晒し場で、鋸挽きよ」

　あの苫小屋の中にひき据えられている囚人のことを話題にしているのであった。

　鋸挽きとは、いうまでもなく、鋸で囚人の首を挽き切る残忍な処刑法である。家康の時代には、これは盛んに用いられた。泰平が、つづいて、秩序が整ってからは、流石に、鋸挽きは、字義通りに実行することは、止められて、頸の一箇所をすこし切り、その血を鋸につけて、傍に置くようになり、この時代にいたっては、疵をつけることも廃して、ただ鋸を傍に置くにとどめられていた。

主人および親殺しのような、逆罪を犯した者に課せられる刑罰であった。

その二十五

火消人足たちが、泥酔しながら、どやどやと出て行ってしまうと、急に店の内は、ひっそりとなった。

外を渡る寒風の音だけが、いたずらに、きく者の心を滅入らせる。

風の音のほかは、夜の世界は、まったく寂寞にかえっていた。

転は、三本の銚子を空けていた。おかげで、疼痛は、痩軀から、遠のいていた。

転は、やおら、頭をまわした。

そこに――いつの間にか客が一人いて、盃を口にはこんでいた。

浪人ていで、衣服もよごれていたし、肩もとがっていた。

「おぬし――」

転は、声をかけた。

対手は、細目を、向けて、底光らせた。

「一献、酌もうか」

「……」

「いのちを尾け狙ってくれている御仁とは、盃を交す誼（よし）みがなくはない」

対手は、頷いて、立って来た。

転は、べつに、何者かとも訊かなかった。

奇妙な酒盛りがはじめられた。

それから半刻あまり……転と尾け人は、黙々として、献酬の時をすごした。

やがて、この沈黙に堪えられなくなったのは、対手の方であった。

「お手前は、何故に、江戸から出ようとなさらぬ？」

「べつに、生きのびたい未練もない故、生命の危険はいとわぬので、こうして、平気で、江戸の街中を歩かせてもらって居る。おかげで、おぬしのような御仁に御苦労をかける」

「それがしは、お手前に隙あらば、討ち取る任務を与えられているが……。お手前には、隙がない」

「そんな筈はない。わたしは、ごらんのごとく、患って居る。いま、立合えば、たぶん、おぬしには、勝てまい」

「いや――」

かぶりをふって、対手は、苦悩の皺を、眉間に刻んだ。

「お手前の態度は、刺客にとって、あまりにも、いさぎよすぎるのです。どうして、そのように、いさぎよいのか――わからぬ」

「これは、はじめて、他人からほめられた」

転は、笑った。

「わたしの態度は、いさぎよいのではない。生きていることに感動を喪っている――それだけのことだ」

「ちがう！　感動を喪っている者が、どうして、公儀に反抗し、闘って、孤身を持し得ようか！」

転は、強い語気で言う対手を、じっと見戍った。

——まだ、若い。
二十三、四歳であろう。品のいい面差である。家柄も育ちもいいに相違ない。それにしては、どうして、このような、暗い陰惨な翳にやつれているのか。
さらに、いくばくかの沈黙を置いてから、対手は、重い口をひらいた。

「お手前は隠密の職をすてて、世を拗ね乍ら(なが)も、平然として、陽ざしに顔を向けていなさる。それが、それがしを納得させせぬ。それがしは、公儀に抗する勇気さえ持たぬ。お手前を討てよう筈がない」

「公儀に歯むかったのは、わたしの本意ではない。自ら進んで、世間をせばめる必要もあるまい」

「それでは——たとえば」

対手は、じっと、転を見据えて、

「かりに、もし……お手前の母上が無理矢理に、将軍家の側妾(そばめ)にされ、そのために、父上が自決し果てていても——お手前自身、公儀の禄を食んでいるとしたならば、如何だ?」

「……」

転は、対手を、見かえした。

異様な激情が昂って、その顔面を、みにくいまでに、ひきつらせている。

「あ、あの晒し場の囚徒は、妻の密通を疑って、打とうとして、あやまって、実母を殺したために、鋸挽きにされて居る……。為政の最高位にある人物は、人の妻を奪い、その良人を憤死せしめても、なんの咎めも受けぬ。この矛盾が、見逭されてもよいものか!」

「……」

「い、いや、その人物を咎めて、讐を復たねばならぬ子たる者が、のめのめと公儀の禄をくらっているのこそ、唾棄されねばならぬのだ!」

「……」

「それがしは、お手前を尾け狙っているうちに、お手前の勇気と、いさぎよさに、おのれの任務をすてるほぞをきめたのです。いまのそれがしは、お手前の勇気の、せめて十分の一でもよいから、わがものにしたい!」

俯向いて、のどの奥から押し出すような、苦しげな独語であった。

「おぬしのような、人間くさい御仁が、隠密の中に、いたのか」

転は、感慨をもって、呟いた。

「くだらぬ愚痴をおきかせした」

対手は、立ち上って、出て行こうとした。

「待ちなさい」

転は、呼びとめた。

「おぬしの母上を、将軍家の前に置いた人物は、誰なのか？　憎んでよいのは、その人物ではなかろうか」

対手は、ちょっと、逡巡(ためら)っていたが、思いきって、その名を告げた。

「お目付、本多甚左衛門」

「……ふむ！」

信照尼であった千枝を、将軍家へさし出して、二十六夜のいけにえにしたのは、たしか、本多甚左衛門であった。

「そうか。……おぬしは、本多を討つ勇気もなかったのか」

「……」

対手は、喘ぐように、呼吸を顫わせた。

「いまからでも、おそくはあるまい。勇気を出されるがよい、本多を斬ることで、すこしでも、目の前が、明るくなるならば、だ」

その二十六

不敵にも――。

黙兵衛は、再び、追分にある薩摩の別邸内へ、忍び込んでいた。

清姫から、じぶんと同様に、拉致されて来た者が、幾人もいるらしいときかされて、

――もしや？

と、考えたのである。

清姫を見張っていた徒士(かち)たちがひそひそと話していたところでは、元服したばかりの少年が、町娘と、素裸で抱き合させられて、ぐるぐる巻きにされて、道場へころがされていた、という。

――もし、それが、庄之助様と加枝だったら、畜生、梶豪右衛門という奴を、生かし

てはおけぬ！

黙兵衛は、躊躇してはいられなかった。

清姫を、信頼のおける仲間の家へ、一時、かくまってもらっておいて、追分へ趨（はし）ったのであった。

常磐木の木下闇の中で、夜が更けるのを待ち、音もなく、丘陵を越えて、島とも見える築山を浮かべた大きな池の畔に立った時、黙兵衛は、

——お！

と、地面へ身を伏せた。

島に架けられた太鼓橋を渡って来る数個の黒影を見たのである。

瞬間、黙兵衛は、その島に、秘密な匂いをかいだ。これは永年、危険な世すぎをして来た者のみがもつ霊感的な直感であった。

——よし！

黙兵衛は手ばやく、衣類を脱ぎすてて、池中へ沈んだ。

直感は、適中していた。

島へ泳ぎついて、高い石崖に沿うて、ゆっくりと、水を掻いているうちに、黙兵衛

は、とある箇処で、水が動いているのをさとったのである。

もぐってみると、水底に、三尺ぐらいの高さの空隙があった。

島の地下は、空洞になっているのだ。

黙兵衛は、水底の空隙を泳ぎ入って、真暗な水面へ浮かび上った。

しばらく、顔だけをのぞけて、地獄耳を立てていた。しんと鎮まりかえった暗闇は、広く、奥深いものと、察知できた。

黙兵衛は、闇に目を馴らすと、石垣の上へ立った。

自身の裸身からしたたる雫の音さえも、高く反響するように思われた。

ものの五間も進んだろうか、黙兵衛は、はっと、両足を石の上へ縫付けた。

意外に近い地点から、急に灯かげが洩れて来た。

光は、地下堀の水面を延びて、反対側の石壁へ当った。

黙兵衛は、ぴたりと壁へ、裸身を吸いつけた。

息を殺していると、提灯を携げた若党すがたの男があらわれて、さいわいに、黙兵衛とは逆の方角へ、歩いて行こうとする。

黙兵衛は、若者のように身ごなし軽くその後姿へ、とびついて、当て落した。

若党の手から離れた物が、石の上で、金属性の音を、高くひびかせた。

ひろってみて、

「しめた！　鍵だ！」

黙兵衛は、微笑した。

どこの鍵かは知らぬが、この地下へ持って降りて来たからには、使用価値があるものに相違ない。

黙兵衛は、さらに、五間を進んだ。

と――どこからか、ひくい呻き声が、洩れて来る。

微かな悪寒が、背すじを走った。呻き声とともに、なんとも異様な臭気が、漂うて来たのである。

――屍臭だ！

黙兵衛は、ちょっと思案していたが、樹脂を塗った観世縒をとり出して、火をつけた。

そして、眼前に閉められてある鉄の格子戸へ、あかりを寄せた。

刹那――。

黙兵衛は、

「呀っ！」

思わず、叫びを発した。

五十余年の人生に於て、黙兵衛は、あらゆる世の表裏と、むごたらしい相を見て来たと思っていた。

だが——その豊富な経験の持主が、いま、眼前にしたのは、嘗て想像もしたことのない、凄じくも奇怪な、惨たる光景だったのである。

その二十七

じ、じ、じ、じ……と樹脂が焼けつつ燃える赤い炎に照らし出されたそこには——。

無慚——おびただしい死骸が、折り重なっていたのである。

方三間ばかりの、石壁の室であった。

衣服のみのこして、白骨と化したのがある。なかば腐って、頭のみが無気味に黒々と生きているのもあった。息のあるうちに、抛り込まれたとおぼしく、壁へ匐わせた片手に、断末魔の苦悶をとどめているのもあった。斬られたばかりの生身の、頸根に、ぱっくりと傷口を開けて、紅血を凝結させているのもあった。

悲しげに、横臥して、首も膝も折り曲げている者。四肢を大きく延ばして、白骨となった仲間の上へ俯伏している者。首だけねじって、黒い孔となった眼窩を、天井に向けている者。この生地獄から、神に救いをもとめるように、屍骸のあいだから、両手をさしのべている者。五体から離れて、ころがっている髑髏。骨になった足にはいている足袋。脇差を咽喉に突きたてて、くわっと口腔をひらいているなまなましい新しい死躰……。

流石の黙兵衛も、炎を吹き消さずには、いられなかった。

闇にかえると、屍臭は、一挙に、黙兵衛の鼻孔を襲って来た。

遁れようにも、両脚がこわばって、動けなかった。総身の毛孔は、粟立ったままである。くいしばった歯に、疼痛が起っていた。

黙兵衛だからこそ、叫びも立てずに、耐え得た。並みの神経の持主であったら、昏倒したに相違ない。

——ひでえことをしゃあがる！

胸の中で、そう呟く余裕が生れたのは、歩き出せる足の自由をとりもどしてからであった。

その時、ふたたび、黙兵衛の全身に、戦慄をつらぬかせることが、起った。

「お、おぬし——」

暗黒の地獄の中から、呻くように、ひくい声が、呼んだのである。

「……」

黙兵衛は、生唾をのみこんで、歯を食いしばった。

「お、おぬし……他所(よそ)の者か?」

——まだ、息のある奴が、いた!

黙兵衛は、しかし、再び、火を点(とも)す勇気はなかった。

「忍び入った者なら……た、たのみが、ある……」

消えようとする生命を、一語一語を吐く声音が、おわるまでの短い時間、持ちこたえさせようと、文字通り必死の努力をしているのが、黙兵衛の胸にこたえた。

「あっしに、やれることで、ござんしたら——」

「か、忝けない。……わ、わしは、公儀——隠密のひ、ひとりだ」

「……」

「な、なぜ、襲われて、斬られたか……こ、ここへ、投じられるまで、わ、わからなかった」

「……」

「奇怪な……か、からくりが、あ、あった。……若年寄、永井美作守殿……に、つ、つたえてくれぬか」

「なんと、おつたえすりゃ、いいんでござんす？　からくりとは？」

「お目付、本多甚左衛門を……糾明されたい。……本多は、に、にせ——」

「へえ？　お目付の本多甚左衛門が、贋者だと仰言いますんで？」

「い、いや贋者では、ないが、贋者同然の……裏切り者——」

「……」

「こ、この薩摩の梶豪右衛門と……ど、どう——」

「え？　どう？　……どうだと仰言る？」

思わず、声をあげて、ききかえしたとたん、人の降りて来る跫音が、高くひびいて来た。

——いけねえ！

反射的に、黙兵衛は、すすっと、闇の奥へ奔った。

つきあたった石壁を、無意識に押していた。

すると、それが、小さく鳴って、ぐるっとまわった。強盗（がんどう）返しになっていて、黙兵衛は、はずみをくらって、よろけ込んだ。

壁は、一回転して、ぴったりと閉じられた。

その二十八

見る人が見れば、
これは！

と、目を瞠（みは）らずにはいられない茶庭であった。

桂離宮の名園がそのままに、この江戸の根岸の里に移されていたのである。

春の日の陽ざしが、樹木や組石や燈籠の影を、苔地や苑路や洲浜に、あかるく落して、人影もなく、しんとした景趣は、幽幻と形容するにふさわしい。

空は、絹の布をひろげたように、綺麗に晴れわたっていた。宙にいっぱいに盈（み）ちた春の光の中に、すがたをかくしたひばりの声が、絶え間なく、降っていた。

花の匂いも、微風が、はこんで来ていた。

寄植の生籬（いけがき）のむこうは、見わたすかぎりの畑で、菜の花が、さかりであった。

柿葺（こけらぶ）きの入母屋の建物は、ぜんたいがくすんで、これは、わざと古めかしくよごしたものと思われる。戸障子だけが、鮮やかに白いのであった。

ここは、上野・東叡山寛永寺の御門主、自在心院三后一品舜仁親王が、春秋二度ずつ憩いにみえる別荘であった。

障子が、しずかに開かれた。

二重縁に、すらりと立ったのは、中御門家の息女織江であった。

あの修羅場から遁れて、この別荘に、身をかくして、もうかなりの日数が経つ。

白いおもては、ふかく沈んで、淋しい。

一日中、ひと言も口をきかぬくらしは、幾年ぶりであったろう。付添えられた侍女も、織江の孤独を擾（みだ）さぬように心を配ってくれていたし、この屋敷の静けさはまた格別なのであった。

昨日までの必死の行動が嘘のように遠いものに感じられる明け暮れであった。

京からしたがって来た毘沙門党の主力は、あの古院内で、のこらず殪（たお）れた、と考えなければならなかった。それを思うと、胸が疼いた。

　こうして、じぶん一人だけが、ひっそりと、安息を得ていることが、申訳なく、慚じられる。

　しかし、その反面で、じぶんの企てて来たことが、あまりにも無謀であり、すべては過去になってしまったという感慨は、払うべくもなかった。

　いま——。

　縁側に、そっと蹲って、目の下の葛石を、ちょんちょんと飛び移って行く雀の影へ、遠い目を落している織江の、心を占めているのは、ひとつの俤であった。

　月の明りで見た貌であったが、脳裡には、濃くやきついていた。

　若い浪人者であった。公儀の隠密とは受けとれぬ人物のようであった。おちついた態度や言葉遣いに、やさしさが含まれていた、と思いかえされる。

「女には女、のふむ道があるのではないか」

　見遁すときめて、そうさとした声音が、いまも、はっきりと耳朶の底にひびく。

　織江は、ほっと、溜息をもらした。

——どのような素姓のお人なのであろう？

ありようは、はじめて、織江の胸に宿った異性なのであった。

あの夜以来、忘れられないのである。

——もう一度、どこかで、めぐり会えるものなら……。

そう思うと、織江の胸は、微かに痛んだ。

男まさりの、烈しい気性が、折れていた。男子万能の世に反逆する意識に目ざめたのは、将軍家の側妾として望まれた時であった。拒絶する余地のない事態に追いつめられて、身をかくしてから、織江は、自ら進んで、封建の時世にそむくべく、女であることを放棄したのであった。毘沙門党を組織して、その頭領の地位に就いたのも、そのためであった。天下を覆滅する気概を奮ったのではなく、一個の女子が、志をひとつにする闘士たちを指揮することに、生甲斐をおぼえたのである。すくなくとも、織江自身の意識の中には、それしかなかった。

刀折れ矢尽きた惨めな状態を迎えたいま、皮肉にも、織江は、女であることに、目ざめたのである。

あの浪人者の姿が、なんという強い魅力をもって、胸の裡に宿ってしまったことか。

苑路の飛石をつたって来る跫音も、あらわれるものは、侍女だけだときめている織江の、気をひくことにならなかった。視界の中へ延びて来た影法師が、男のものであるのをみとめて、織江は、われにかえった。

五十年配の、異常に鼻梁の発達した、奇怪ともいえる風貌の武士であった。

双眸が、わざと細められているのか、何かの拍子に、かっと瞠けば、凄じい光を発しそうであった。

「中御門家の御息女織江様と、お見かけいたす」

「……」

織江は、息を詰めて、身がまえた。

「公儀目付、本多甚左衛門と申す」

「……」

「貴女様を捕えに参った者でござらぬ。その心配はご放念あるよう――」

薄く、冷たく笑った本多甚左衛門は、

「暫時、お邪魔いたすのを、おゆるし頂きたい」

否やを言わせぬ、重く押しつける語気で、たのんだ。

座敷で対坐すると、本多は、まず、

「お美しゅうあられる」

と、言った。

「御用の向きをうかがいまする」

織江は、無表情で、促した。

本多は、細目を、じっと当てて、

「貴女様は、輪王寺宮様と、大層御懇意のご様子ですな」

「べつに……。ただ、幼少より、存じ上げているにすぎませぬ」

「徒党を組んで、公儀に反抗する者を、やすやすと、親王は、おかくまいになって居る。これは、よほど、目をかけている証拠と看做(みな)される」

「……」

織江は、対手のおそろしさを、肌に感じて、悪寒をおぼえた。

——この男が、あの古寺へ、隠密をさし向けて来たのであろうか？

隠密を使うのは、目付ではない筈であった。使っているとすれば、それは、蔭にまわって、ひそかにあやつっていることを意味する。

「いや——本日の用件は、貴女様の昨日までのお振舞いを糾明するものではないのです」

本多は、織江の疑惑を読みとったように、とってつけた破顔をみせた。

「輪王寺宮様と御懇意の貴女様に、おすがりいたしたい儀があって罷り越しました」

「……」

「東叡山の御府庫金に就き——」

そこまで言って、いったん、言葉を切った本多は、織江を刺した細目へ、さらに鋭い光を加えた。

東叡山寛永寺が、大変な金持であることは、庶民にまで知れわたっていた。

「貧乏をしても、下谷の長者町。上野のかねの唸るのを聞く」

こんな狂歌も、生れていた。

金がありあまったので、寛永寺では、文化六年から、執当御救済という名目で、大名に対して、貸しつけをやっていた。というのも、当時、銀行というものがなかったので、町人たちは、儲けた金を、わが家に置いておく危険から、最も信頼のおける大寺院に預ける習慣があった。寛永寺は、その随一であった。

寛永寺では、その年から、積極的に、大町人から五分の利息で預って、それを一割の利息で、大名に貸しつける銀行業務をつかさどったのである。

大名の内証が、極度の窮地にあったことは、当時、麴町十三丁目に、大名専門の質屋があったのをみても、明らかである。殆どの大名は、三年先、五年先の米穀の収穫までも抵当にして、大町人から、金を借りていた。家宝の品々は、質入れしてしまっていた。家中に支払う金はなく、百姓たちへも、紙屑にひとしい紙幣を渡して、急場のがれをしていた。だから、東叡山御府庫金貸付は、旱天の慈雨のように、有難かった。

上野山内には、各大名の宿坊があった。将軍家廟参の時に、随従してきて、休息し、衣服を改めるための寺院である。

大名たちは、この宿坊の連印で、金をかりた。もとより、返済は、容易ではない。期間が来て、利息が滞ると、連印した宿坊が、閉門を命じられる。

そうなると、大名は、将軍家の供をして、上野へやって来ても、休息したり衣服を改めたりする場所がなくなる。そこで、やむなく、苦心して、元金を持参し、利息だけを支払い、すぐにまた借りて行く。

といって、元金ができるわけがない。大名は、見せ金の千両箱を、その日一日だけ、大町人から借りて、上野へ運び、また持ち帰ったのである。

返金の時期は、毎年十二月一日より十日までであったので、この期間には、大油単(ゆたん)をかけた千両箱積みの吊台が、ひっきりなしに、黒門から搬入されて、谷中門へ抜けて、一大壮観であり、町人たちは、遠くから見物にやって来た。

御府庫金は、こうして、しだいにふくれあがっていた。

「東叡山の御府庫金に就き、輪王寺宮様へお願いの儀があって、貴女様におすがり申したいのですが……」

本多は、そう言った。

「わたくしに、何をせよと、申されるのです」

「公儀において、内聞裡に、金子を借用つかまつりたい」

「……」

「公儀の内証が、窮迫いたして居ることは、貴女様もご存じでありましょう。昨日は、上様には、御鷹野の催しを中止遊ばされて居ります。……今年度は、日光御修築の御予定でありますが、諸藩には、これを受ける財力はもとより無く、勘定奉行よりは、殆ど不可能である申出があるしまつ。……公儀が、借金をいたすのは、まことに、他聞を憚る儀乍ら、もはや、背に腹は、かえられぬ窮迫ぶりと申上げるよりほかはなく……」

「大坂の商人たちに、御用金を仰せつけられては、いかがですか？」

織江は、冷やかに、言った。

「御用金は、すでに、昨年暮に、六十万両を押しつけてあります……これ以上の無法な下命はいたすべくもありますまい」

「……」

「いかがでありましょうな。貴女様から、輪王寺宮様に、橋渡しをお願い出来ますまいか」

「……」

「これは、貴女様のおん身を自由にしてさしあげることにもなる。目付・本多甚左衛門には、その自信があると申上げられるのです」

「……」

織江は、本多から目をそらして、

——自由！

と、じぶんに呟いてみた。

——自由が、わが身におとずれる！

織江は、またもや、ひとつの俤を、思い泛べたことだった。

本作品中に差別的ともとられかねない表現が見られますが、著者がすでに故人であることと作品の文学性・芸術性に鑑み、原文のままとしました。

（春陽堂書店編集部）

『異常の門』覚え書き

初　出　「週刊現代」（講談社）　昭和34年10月25日～35年10月9日号

初刊本　異常の門　夢殿轉精神帖　火の巻　講談社　昭和35年5月
　　　　異常の門　夢殿轉精神帖　風の巻　講談社　昭和35年11月

再刊本　講談社（長編小説全集12　柴田錬三郎集）　昭和36年12月
　　　　講談社（ロマン・ブックス）　昭和38年10月
　　　　光風社（柴田錬三郎選集　第2期　12、13）昭和39年11、12月　※上・下
　　　　東都書房（忍法小説全集16）　昭和40年2月
　　　　光風社書店（柴田錬三郎選集　第2期　12、13）昭和40年9月　※上・下
　　　　新潮社（柴田錬三郎時代小説全集17）　昭和41年8月　※『私説大岡政談』を併録
　　　　光風社書店　昭和42年4月　※上・下
　　　　広済堂出版（カラー小説新書）　昭和43年12月
　　　　春陽堂書店（春陽文庫）　昭和47年9月

光風社書店　昭和48年1月

広済堂出版（特選時代小説）　昭和48年6月

光風社書店　昭和49年2月

集英社（柴田錬三郎自選時代小説全集7）　昭和49年2月　※『血汐笛』を併録

光風社書店　昭和51年1月

光風社書店　昭和51年11月

光風社書店　昭和53年11月

講談社（講談社文庫）　昭和53年12月　※上・下

春陽堂書店（春陽文庫）　昭和63年2月

春陽堂書店〈春陽文庫〉　平成6年7月

講談社（講談社文庫コレクション大衆文学館）　平成9年3月

（編集協力・日下三蔵）

春陽文庫

異常の門　上巻

2024年6月25日　新版改訂版第1刷　発行

著者　柴田錬三郎
発行者　伊藤良則
発行所　株式会社 春陽堂書店
〒一〇四―〇〇六一
東京都中央区銀座三―一〇―九
KEC銀座ビル
電話〇三（六二六四）〇八五五（代）
印刷・製本　中央精版印刷株式会社

本書のご感想は、contact@shunyodo.co.jp にお願いいたします。

定価はカバーに明記してあります。

ISBN978-4-394-90485-4　C0193